LE TUEUR AU JEU D'ÉCHECS

Une enquête d'Ashley Wolfe

Ludovic Marin

Roman

LE TUEUR AU JEU D'ÉCHECS

AVERTISSEMENT :

Le tueur au jeu d'échecs contient des propos, des descriptions et des faits qui peuvent heurter la sensibilité de certains lecteurs.

Leur utilisation ne reflète pas les convictions ou les opinions de l'auteur en tant qu'individu.

Leur emploi dans ce roman n'a pour but que de servir le récit – socialement et culturellement ancré dans une époque définie – ou encore d'illustrer la mentalité de personnages fictifs.

NOTE DE L'AUTEUR :

Quoi de mieux pour inscrire un récit dans son époque qu'un peu de musique ? Comme vous le constaterez au cours de votre lecture, ce roman contient de nombreuses allusions à des chansons contemporaines de l'histoire. Mieux : il les intègre directement au récit !

À l'image d'une bande originale de film, vous pourrez retrouver ces classiques dans une playlist YouTube en scannant ce QR code.

Bonne lecture et... bonne écoute !

« Les échecs sont affaire de jugement sensible.
Savoir quand frapper et quand esquiver. »

Bobby Fischer (1943-2008),
champion d'échecs des États-Unis
à l'âge de quatorze ans,
champion du monde en 1972
à l'issue du « match du siècle »
face au soviétique Boris Spassky.

PROLOGUE

À quelques jours de l'hiver, le froid et la neige s'étaient déployés sur White Plains. Tandis que la nuit recouvrait la ville de son manteau obscur, les passants emmitouflés dans leurs vêtements de saison, et cachés sous leurs bonnets, se hâtaient en sortant du travail. Ils souhaitaient effectuer leurs achats avant de rentrer chez eux, bien au chaud.

Quelques flocons de neige virevoltaient devant les vitrines éclairées et richement décorées et, quand un client entrait ou sortait d'une boutique, on pouvait entendre la voix rassurante et enregistrée de Dean Martin ou de Bing Crosby entonner un chant de Noël à l'intérieur de l'échoppe.

La période entre Thanksgiving et Noël regorgeait de bons sentiments, de joies partagées et de franches incitations à la consommation de masse. Mais au milieu de cette liesse, une personne solitaire comptait les jours la séparant de 1974. Cette personne savait déjà avec certitude ce qu'apporterait la nouvelle année.

Vêtu d'un ample et long manteau marron à col fourré, coiffé d'un bonnet en laine assorti qui couvrait oreilles et nuque, et le visage enrubanné dans une épaisse écharpe de même couleur, l'individu observait la vitrine d'un magasin de jeux et jouets à travers des lunettes aux verres teintés.

Pressés et affairés, les autres badauds ne semblaient pas remarquer sa présence. Quelqu'un passa derrière, sur le trottoir, ôta sa cigarette de ses lèvres et souffla par inadvertance un nuage de fumée en direction de la silhouette sombre qui, subitement plongée dans les effluves de tabac, toussa et grimaça.

Un objet avait retenu l'attention de la personne solitaire dans la vitrine de la boutique. C'était même ce qu'elle était venue se procurer dans ce quartier commerçant de White Plains.

Il s'agissait d'un beau jeu d'échecs dont la boîte en bois verni servait également de plateau de jeu. Posées dessus, les trente-deux pièces – seize de couleur ivoire et seize de couleur ébène – étaient disposées de façon à débuter une partie. Sous la base de chaque pion, fou, cavalier, tour, dame et roi, on devinait un petit disque de feutre vert ajusté avec précision, afin de faire glisser les pièces sur l'échiquier sans l'abîmer.

La personne esquissa un sourire sous son écharpe et entra dans le magasin de jeux et jouets pour acheter le jeu d'échecs.

Sa détermination était sans faille.

1

Ashley se réveilla, en sursaut et en sueur, à une heure indéterminée de la nuit. Le cauchemar semblait si réel. D'habitude, l'esprit de la jeune femme, embrumé au réveil, évacuait en quelques secondes les souvenirs fugaces de ses rêves. Mais ce cauchemar était tenace. Il était devenu récurrent depuis plusieurs semaines.

Son ancien coéquipier, l'inspecteur Lincoln Westwood désormais retraité, y tenait le premier rôle. Et, invariablement, il finissait assassiné par Herman Broockwell, le dangereux tueur en série traqué, arrêté et placé derrière les barreaux par la brigade criminelle du WPPD. Ashley avait beau se dire que c'était ridicule, que Broockwell moisissait dans une cellule de la prison d'État de Dannemora, au nord de l'État, en attendant un dernier voyage à l'issue électrique ; mais il lui était impossible de contrôler son subconscient, ses rêves, et encore moins ses cauchemars.

L'arrestation de l'éventreur de White Plains, ou « le tripier » d'après le surnom choisi par la presse locale à la recherche de sensationnalisme, avait été le dernier fait d'arme de Lincoln Westwood. Grièvement blessé à la gorge lors de l'arrestation du tueur, le détective vétéran avait échappé de justesse à la mort. Il avait ensuite enchaîné un séjour de convalescence à l'hôpital, soldé ses congés et pris définitivement sa retraite à la fin du mois d'octobre.

Depuis cette date, il n'avait pas encore été remplacé au sein de la brigade, et le trio d'enquêteurs était provisoirement réduit à un duo constitué de l'officier détachée Ashley Wolfe et de l'inspecteur Dino Costa. L'autre binôme de la criminelle était formé des inspecteurs Roberts et Jones, des détectives qui ne faisaient pas de vagues, mais pas d'étincelles non plus.

Ashley consulta le réveil posé sur son chevet. Ses aiguilles affichaient 4h13. Un peu trop tôt pour se lever – même si Ashley se levait rarement au-delà de 6h00 du matin – mais trop tard pour se rendormir d'un sommeil paisible.

À une poignée d'heures de rependre le travail après une semaine de vacances, Ashley pivota sur le côté gauche dans le cocon douillet de son lit, remonta la couette jusqu'à son menton et repensa à ces quelques jours de repos.

La jeune femme avait passé Noël en famille dans la Grosse Pomme chez ses parents, Victor et Martha Wolfe. Son père, haut gradé dans la police de New York, avait lui aussi bénéficié de quelques jours de congés pour l'occasion et ni la fille ni le père n'avaient abordé leurs affaires en cours ou le métier de flic. Au grand soulagement de Martha.

Ashley était rentrée à White Plains le vendredi 28 décembre ; en train comme à l'aller. En effet, le prix de l'essence avait flambé depuis le mois d'octobre et elle préférait faire durer son plein le plus longtemps possible. À 2,90 dollars deux mois plus tôt, le baril de pétrole brut affichait désormais un cours jamais vu de 11,65 dollars. Et la conférence de l'OPEP tenue à Téhéran les 22 et 23 décembre avait empiré la situation, puisque les pays exportateurs de pétrole avaient décidé d'augmenter à nouveau le prix du baril.

Les Américains comptaient sur le Président Nixon pour agir – il aurait d'ailleurs pu profiter de la situation pour redorer son blason auprès du public et de la presse – mais, de plus en plus embourbé dans les conséquences du Watergate, et affaibli par la démission du Vice-Président Spiro Agnew impliqué dans un scandale financier, le mandat présidentiel de Tricky Dick ne tenait plus qu'à un fil. Ses jours à la tête du pays semblaient comptés.

Le samedi soir, Ashley était allée voir *L'Exorciste* au cinéma en compagnie de Shannon Springfield et de Lance Leroy – alias Double S et

Double L – les deux employés de l'institut médico-légal de White Plains devenus ses amis au cours de l'éprouvante enquête l'été précédent. Elle avait apprécié l'ambiance distillée par le film d'horreur de William Friedkin, mais des scènes du long métrage s'étaient mêlées à ses cauchemars les nuits suivantes.

Ashley fut tirée de ses pensées par de la musique. Elle jeta un œil à son réveil et s'aperçut qu'elle avait somnolé en se perdant dans ses pensées. Il était presque 6h00.

Puis elle tendit l'oreille pour déterminer la source de la musique. Sans surprise, elle provenait du studio occupé par son voisin, Randy. Le loyer était abordable mais les cloisons n'étaient pas très épaisses dans cet immeuble situé à l'angle de Mamaroneck Avenue et d'Ethelridge Road.

Randy, mélomane, vivait en musique du matin au soir et, sachant qu'Ashley se levait tôt, il n'hésitait pas à allumer sa puissante stéréo dernier cri aux premières heures de la journée. Ashley reconnut *Walk on the Wild Side* de Lou Reed, une mélodie très adaptée pour sortir du lit en douceur. Ce qu'elle fit.

Ashley se leva et ouvrit la fenêtre de sa chambre malgré le froid à l'extérieur. Elle avait besoin d'aérer à la fois la pièce, mais aussi son cerveau.

Les paroles de la chanson, étouffées par le mince mur séparant les deux logements, évoquaient les grandes heures de la Factory d'Andy Warhol et des frasques de ses habitués. L'esprit d'Ashley dériva automatiquement vers une phrase prononcée quelques années plus tôt par Warhol : « *À l'avenir, chacun aura droit à quinze minutes de célébrité mondiale* ».

Son quart d'heure de gloire, Ashley l'avait obtenu lors d'une cérémonie organisée en septembre par le White Plains Police Department et la mairie de White Plains. Endeavor McLaughlin, le maire de la ville, avait remis une médaille à la jeune femme ainsi qu'à Lincoln Westwood.

Mais quelque part en ville, en ce début du mois de janvier 1974, une autre personne préparait ses pions, attendait d'exercer et d'exprimer son art à la face du monde. Et cet individu espérait également obtenir, à sa manière, ses quinze minutes de célébrité.

2

Emmitouflée dans son chaud blouson, parée d'une écharpe, de gants et d'un bonnet en épaisse laine, Ashley s'aventura sur Mamaroneck Avenue. Il avait neigé toute la nuit et White Plains était couverte d'un manteau blanc encore immaculé. Dans ces conditions, les chances que les transports en communs puissent circuler étaient minces. D'ailleurs, personne n'attendait à l'arrêt de bus le plus proche du studio d'Ashley.

La jeune policière décida de rejoindre le 77 South Lexington Avenue, l'adresse des locaux du WPPD, à pied. Le capitaine Elias Abraham ne lui en voudrait pas si elle arrivait avec quelques minutes de retard et peut-être serait-elle malgré tout la première à se présenter à la brigade. Les vacances étaient terminées pour tout le monde, mais certains tarderaient sûrement à faire leur apparition au troisième étage en cette matinée de reprise, tels les inspecteurs Jones et Roberts.

Ashley se montrait prudente en progressant sur les trottoirs enneigés. Elle, qui d'habitude marchait à bonne allure, réduisait ses foulées et crispait instinctivement ses orteils à l'intérieur de ses bottes. Sa respiration se transformait en nuage blanc à chaque expiration et ses poumons se gelaient à chaque inspiration.

Les rues étaient désertes. En ce jeudi 3 janvier 1974, les enfants n'avaient pas encore repris l'école. Les voitures alignées sur la chaussée étaient dissimulées sous la couche de neige, les rendant toutes similaires et non identifiables par leur marque ou leur modèle.

Un peu plus loin, la station-service Texaco, d'habitude ouverte très tôt, était fermée et l'enseigne éteinte. L'étoile de son logo, décorée de flocons, évoquait celle d'un sapin de Noël. Devant les pompes, un panneau posé par le gérant indiquait au feutre noir : « Désolé, pas d'essence aujourd'hui ». Était-ce à cause de la météo, ou en raison de l'augmentation du prix du pétrole ? Partout dans le pays apparaissaient depuis quelques jours des difficultés d'approvisionnement et les journaux prédisaient un probable et imminent rationnement du précieux combustible.

Ashley arriva au White Plains Police Department en ayant croisé quatre passants, guère plus de voitures et un chasse-neige affairé à tracer des voies de circulation. Le changement d'ambiance et de décor était radical par rapport au premier jour d'Ashley dans la police de White Plains six mois plus tôt, presque jour pour jour.

La vaste esplanade devant les locaux du WPPD paraissait encore plus grande sous l'épais manteau neigeux. En bonne enquêtrice, Ashley ne put s'empêcher de compter et comparer les empreintes de pas déjà présentes dans la neige. Moins d'une dizaine. Elle reconnut les traces caractéristiques laissées par les chaussures de l'uniforme des officiers, mais aussi celles provenant de chaussures de ville. Probablement celles du capitaine Abraham.

La jeune femme pénétra dans le bâtiment et frotta énergiquement ses bottes sur le tapis indiquant « *Welcome* ». La neige fondue lui procurait un aspect peu flatteur, mais le large tapis empêcherait le hall de devenir un véritable bourbier parsemé de flaques d'eau d'ici quelques heures. Par contre, rien n'interviendrait pour éviter la formation de l'habituel nuage de fumée de cigarette dès que les effectifs seraient au complet.

Ashley salua le sergent Collins, fidèle au poste, et se dirigea vers les escaliers situés près du comptoir d'accueil et de l'ascenseur. Direction le troisième étage, celui occupé par la brigade criminelle.

Rendue dans la grande salle dédiée aux inspecteurs – où elle était effectivement la première arrivée – Ashley s'empressa d'enlever son blouson. Le bâtiment était récent, ses installations modernes, et le système de chauffage fonctionnait parfaitement. Elle posa son écharpe, ses gants et son bonnet au coin de son bureau et se tourna vers celui de Lincoln, inoccupé depuis plusieurs mois.

L'inspecteur Westwood et elle n'avaient pas été équipiers longtemps – à peine six semaines en réalité – mais la jeune officier détachée était nostalgique de cette période passée aux côtés de ce qui ressemblait le plus pour elle à un mentor. Exception faite, bien entendu, de son père. Ils avaient gardé le contact et Ashley avait appelé Lincoln pour Noël et au nouvel an. L'inspecteur retraité en avait profité pour l'inviter à venir pêcher avec lui sur les rives du Silver Lake dès que le printemps serait revenu.

La porte de la salle de pause était ouverte et une attirante odeur de café en émanait. Ashley s'y dirigea et ne fut pas surprise d'y trouver le capitaine Abraham. Une boîte de délicieuses pâtisseries trônait ouverte au milieu de la table.

— Bonjour capitaine, je vous présente mes meilleurs vœux.

— Bonjour Wolfe et merci. Je vous souhaite une bonne année 1974 parmi nous.

— Merci capitaine.

Ashley alla se servir une tasse de café, chaud et fumant.

— Servez-vous avant l'arrivée de Costa, s'esclaffa Elias Abraham. Sinon il ne vous restera que des miettes.

Ashley rit à son tour et porta son dévolu sur un classique, mais non moins appétissant, beignet fourré à la pomme. Le capitaine, quant à lui, sortit un petit étui publicitaire d'allumettes de la poche gauche de sa veste et un paquet de cigarettes entamé de la poche droite. En toussant, il gratta une allumette sur la bande de soufre de l'étui et la porta à l'extrémité d'une cigarette. L'homme était un fumeur invétéré et enchaînait cigarette sur cigarette au bureau.

— Rachel voudrait que j'arrête, ou que je ralentisse. C'est ma bonne résolution pour cette année, mais ça risque d'être un vœu pieux ! Je fume depuis que j'ai quatorze ans. Et avec ce boulot…

3

Ashley et le capitaine discutèrent de choses et d'autres pendant quelques minutes. Abraham n'avait pas pris de vacances. De confession juive, lui, son épouse Rachel et leur famille fêtaient davantage Hanoucca, la Fête des Lumières, plutôt que Noël. Aussi, le supérieur hiérarchique de la jeune femme l'informa du peu d'enquêtes en cours.

Comme Ashley l'avait déjà constaté au cours de l'été précédent, les auteurs de petite criminalité semblaient prendre eux aussi des congés dans cette petite ville plutôt calme, au nord de New York. Abraham s'était chargé lui-même des dernières affaires : un homicide dont l'auteur n'avait pris aucune précaution pour ne pas être identifié, et un autre cas de meurtre rapidement requalifié en suicide.

Depuis le départ de Westwood, l'effectif de la brigade criminelle était restreint – trois inspecteurs en plus d'Ashley – et le capitaine priait pour qu'une affaire complexe ne leur tombe pas dessus. L'arrivée d'un nouvel inspecteur serait une bonne nouvelle, et d'ailleurs, Abraham devait s'entretenir avec Ashley à ce propos. Il profita qu'ils étaient seuls pour aborder le sujet.

— Wolfe, j'ai une bonne et une mauvaise nouvelle à vous annoncer. Autant en parler tout de suite, ça ne sert à rien de repousser.

— Je vous écoute, capitaine, répondit Ashley, intriguée.

— La bonne nouvelle, c'est que nous allons avoir du renfort au sein de la brigade. Très bientôt.

— Quand ça ?

— Dès aujourd'hui à vrai dire. J'ai été informé par une note pendant votre absence, juste après Noël. Il s'agit d'un transfuge de la police de Plymouth, dans le Massachusetts. Apparemment, c'est un gars réglo.

— Mais pourquoi chez nous ? demanda Ashley.

— Officiellement, c'est une promotion. Officieusement, il a besoin d'un nouveau départ, même s'il n'a pas encore quarante ans. Sa femme l'a quitté il y a quelques mois, car elle ne supportait plus le métier de flic et peut-être le climat du Massachusetts. Elle est partie en Floride avec leurs deux enfants en bas âge, et il a envie et besoin de changer d'air.

Ashley hocha la tête en mordant dans son savoureux beignet. Elle attentait la suite.

— De plus, son cousin est avocat à Boston et il connaît très bien notre maire et notre gouverneur. Je vous laisse deviner le reste.

— Je comprends, en effet, acquiesça l'enquêtrice.

— Ce qui me conduit à la mauvaise nouvelle.

Abraham paraissait sincèrement désolé, comme s'il ne savait pas comment aborder la question.

— Vous connaissez l'importance des choix politiques, Wolfe.

— Oui… Mais venez-en au fait, capitaine. Vous pouvez m'épargner les détails.

— Euh, oui. Bref, je vous avais promis une nomination rapide au poste d'inspecteur. Déjà grâce à votre excellent travail sur le cas Broockwell, mais aussi en raison du départ précipité de Lincoln. Il y avait une place à prendre. Mais l'arrivée d'un nouvel inspecteur change la donne. Ça n'annule pas votre perspective de promotion, mais ça la repousse pour un moment.

Ashley haussa les épaules, résignée.

— Je m'y attendais un peu, chef. Je suis encore une bleue ici. Ce n'est pas si grave.

— Vous êtes certaine ?

— Vous dire que ça ne me fait rien serait vous mentir, et je suis forcément déçue. Mais vous n'y êtes pour rien, capitaine.

— En effet, ça vient de plus haut.

— Je serai patiente, je suis jeune, j'ai le temps.

Ashley accusait le coup, mais intérieurement elle était bien plus désappointée et affectée qu'elle ne le laissait paraître ou qu'elle n'osait l'avouer à son capitaine.

Passé l'euphorie autour de l'arrestation de l'éventreur de White Plains, Ashley avait très vite compris que toutes les portes ne lui seraient pas ouvertes si facilement, qu'en tant que jeune femme dans les rangs de la police, elle devrait sans cesse prouver sa valeur et ses compétences. Et recommencer, affaire après affaire.

Mais elle ne perdait pas sa motivation, bien au contraire. Elle emmagasinait de l'expérience et des connaissances afin que sa future promotion, si elle devait avoir lieu, soit incontestable.

Le « ding » de l'ascenseur, de l'autre côté du troisième étage, attira l'attention d'Ashley Wolfe et d'Elias Abraham. Des bribes de conversation suivirent dans la grande salle et les voix approchèrent.

Dino Costa, ses volumineux cheveux frisés et sa moustache firent leur apparition à l'entrée de la salle de pause. L'inspecteur portait un tout nouveau costume marron ; une coupe ajustée à la mode, avec des incontournables pattes d'eph', qui renforçait son côté macho totalement assumé.

— Capitaine, Ashley, bonne année.

La jeune femme et Elias Abraham lui rendirent la politesse et Costa posa sur la table, près de la boîte en carton, un Tupperware contenant des parts de gâteaux préparés par sa mère.

— Comme d'habitude, *la mamma* a vu en grand !

Puis Costa se tourna, révélant la présence du visiteur.

— J'ai trouvé ce gars en bas. Il dit être inspecteur et doit commencer chez nous aujourd'hui. Vous êtes au courant, chef.

— Oui, répondit le capitaine. Costa, Wolfe, je vous présente votre nouveau collègue, l'inspecteur William Shelby.

4

Le détective Dino Costa se servit une tasse de café encore chaud, s'empara de deux pâtisseries parmi celles offertes par son supérieur et prit place autour de la table, à droite d'Ashley.

Le nouveau venu, droit comme un « i », n'avait pas encore prononcé un mot et se tenait toujours dans l'embrasure de la porte.

Il affichait une taille légèrement supérieure à la moyenne et des épaules carrées, mais il était plutôt mince. Son costume gris souris – sobre et un peu trop ample, contrairement à la mode en vigueur plébiscitée par Costa – semblait trahir une récente perte de poids. Probablement en raison des soucis avec sa femme. Ses cheveux étaient courts, d'une coupe quasi militaire, et grisonnaient aux tempes. Un regard bleu acier presque gris, toutefois dépourvu de méchanceté, d'agressivité ou de froideur, complétait le portrait de l'inspecteur.

— Shelby, c'est bien ça ? demanda Elias Abraham pour la forme, en allumant une nouvelle cigarette.

— Oui, capitaine.

— Prenez place, inspecteur. Asseyez-vous. Normalement les présentations ont lieu dans mon bureau, mais puisque nous sommes presque tous présents et qu'il n'y a rien sur le feu pour l'instant, autant faire ça ici.

— D'accord.

— Vous fumez ? demanda Abraham en toussant et en tendant son paquet ouvert à Shelby.

— Non, merci. Plus depuis des années.

L'homme posa son manteau sur le dossier d'une chaise et s'assit face au capitaine, tout en adressant un salut poli de la main à ses deux nouveaux collègues. Il sembla immédiatement un peu plus détendu.

— Bien, commença Shelby. Je m'appelle William Shelby Jr., mais vous pouvez m'appeler Will, Bill ou même Shelby tout simplement. Évitez seulement Junior, je n'aime pas. J'ai trente-huit ans, je suis… séparé, et père de deux enfants. J'ai effectué l'essentiel de ma carrière dans la police de Plymouth, à l'exception de quelques mois de mise à disposition auprès de la police d'État du Massachusetts, en 1968, pour une mission en infiltration à Boston.

— Impressionnant ! souligna Elias Abraham en tournant la boîte de pâtisseries vers Shelby.

— À Plymouth, je traitais aussi les affaires concernant la presqu'île de Cape Cod. Vols pendant la saison touristique, disparitions inquiétantes et, plus rarement, meurtres. Voilà, c'est à peu près tout. Ah oui, j'oubliais, même si ça n'a pas grande importance. Mon père, William Shelby Sr., est également de la maison. Il est capitaine dans la police de Providence, dans le Rhode Island. Comme vous le voyez, ma famille est profondément ancrée en Nouvelle-Angleterre, au service de la population et de sa sécurité.

— Vous ne serez pas dépaysé à New York alors. Niveau climat, ce n'est ni la Californie, ni la Floride ici.

Ashley nota le léger soubresaut de Shelby à la mention de la Floride. Elle connaissait désormais suffisamment son capitaine pour savoir qu'il s'agissait d'une sorte d'évaluation. Probablement sans importance, mais un test tout de même.

Sans surprise, la jeune femme nota également que William Shelby Jr. n'avait pas fait état des connaissances et appuis qui avaient facilité son transfert de la police de Plymouth vers le White Plains Police Department.

— Son père aussi est flic, intervint Costa en désignant Ashley. C'est un grand ponte du NYPD.

Costa. Le cas Costa. Depuis six mois, Ashley était habituée au manque de savoir-vivre de son coéquipier. Dino Costa se mêlait de tout et surtout de ce qui ne le regardait pas, comme il venait de le faire à l'instant. Mais il était aussi naturellement rustre et borné, parfois violent, souvent irrévérencieux et fortement misogyne.

Ashley en avait fait les frais dès son premier jour à la brigade – dès les premières minutes – quand Costa l'avait prise pour une auxiliaire civile et lui avait mis la main aux fesses, comme s'il s'agissait d'un droit ou d'une tradition. L'échange s'était soldé par une gifle magistrale, dont l'inspecteur devait encore se souvenir, et par un premier rappel à l'ordre pour Ashley.

Les relations avaient été tendues entre l'officier détachée et l'enquêteur au cours des premières semaines, quelque part entre la blague potache et l'acharnement. Lincoln Westwood, calme et conciliant de nature, avait souvent été obligé d'arbitrer les débats.

Puis Costa avait mis de l'eau dans son vin. S'il ne l'avouait qu'à demi-mot, il était progressivement devenu admiratif des techniques d'investigation de la jeune recrue, du vent de fraîcheur qu'elle avait apporté à la criminelle et de ses idées novatrices qui, la plupart du temps, faisaient avancer les enquêtes dans la bonne direction. Ensemble, ils avaient fourni un travail efficace et sans heurts au cours des derniers mois, bouclant systématiquement toutes leurs enquêtes par un succès.

Bref, Ashley aurait préféré que Dino fasse l'impasse sur Victor Wolfe et sur ses fonctions de haut gradé dans la police de New York. Mais en y réfléchissant, elle envisagea que Costa, pour une fois, avait peut-être agi finement. En mentionnant d'entrée de jeu le père de la jeune femme, ce qu'Ashley n'aurait jamais fait d'elle-même, il délimitait le territoire d'Ashley au sein de l'équipe, face au nouvel inspecteur.

Histoire de marquer les forces en présence et les zones d'influence de chacun.

— Bien, conclut le capitaine en se levant tandis que Costa proposait ses parts de gâteau à la volée. Inspecteur Shelby, soyez le bienvenu à la brigade criminelle de White Plains.

Les deux hommes échangèrent une solide poignée de main.

— Costa et Wolfe vont vous conduire à votre bureau et vous pourrez faire plus ample connaissance si vous le souhaitez. Vous travaillerez ensemble. Je compte sur vous tous pour accomplir un travail exemplaire cette année encore.

Les enquêteurs acquiescèrent et se dirigèrent vers la grande salle où attendait le bureau vide occupé autrefois par Lincoln Westwood. Ashley ressentit un léger pincement au cœur à l'idée de voir le bureau situé face à celui de Costa attribué à un nouvel hôte.

Une page se tournait définitivement. L'équipe changeait, irrémédiablement, et Ashley n'était plus la dernière recrue en date, même si elle demeurait la plus jeune.

L'avantage de la situation était que les projecteurs ne seraient plus braqués uniquement sur elle en permanence. Soudain, Ashley se sentit libérée d'une pression et d'un poids dont elle n'avait jamais vraiment eu conscience jusqu'à cet instant.

5

Lincoln Westwood savourait sa retraite, loin du tumulte, des drames, des meurtres et de la noirceur à laquelle il avait été confronté pendant l'essentiel de sa vie. Au Vietnam, pendant la guerre, mais aussi dans sa carrière d'inspecteur de la police criminelle, d'abord à Chicago puis, ces dernières années, à White Plains.

Bien sûr, tout n'avait pas été négatif. Il avait fait de belles rencontres en exerçant son métier. Et plus particulièrement au WPPD. Elias Abraham, pour commencer, un capitaine juste dans ses décisions et sachant écouter ses subordonnés. Puis Dino Costa, son principal coéquipier. Un homme bourru mais efficace sur le terrain. Il y avait aussi Lance et Shannon, même s'ils ne faisaient pas partie de la police au sens strict, sans oublier Sidney Edmonds, le médecin légiste de la juridiction.

Et enfin, il y avait Ashley Wolfe. La jeune officier détachée, avec qui il n'avait travaillé que quelques semaines, lui avait sauvé la vie lors de l'arrestation chaotique de l'éventreur de White Plains.

Westwood profitait du temps libre dont il disposait, même s'il avait hâte que le printemps revienne afin d'aller passer ses journées à la pêche. Il appréciait également de ne plus être obligé de porter le costume au quotidien et se contentait de jeans, d'une chemise ou d'un pull.

En attendant les beaux jours, il lisait beaucoup dans sa modeste maison située sur Soundview Avenue – des livres et les journaux – et écoutait de la musique sur la platine vinyle offerte par ses collègues de la brigade lors de son pot de départ à la retraite. Un 45 tours d'Eric Clapton, *I Shot the Sheriff*, reprise d'un titre de Bob Marley & The Wailers, tournait actuellement sur l'appareil.

« Tu as peut-être tiré sur le shérif », pensa Lincoln en écoutant la chanson, « mais j'en connais un qui a éventré un sénateur et égorgé une substitut du procureur ! ».

L'ancien policier ne put s'empêcher de toucher sa gorge, à l'endroit où la longue cicatrice toujours très visible matérialisait le douloureux souvenir d'Herman Broockwell.

En plus des meurtres de prostituées, les assassinats du sénateur démocrate Mark Peacock, puis de la substitut Margaret Reynolds, avaient fait grand bruit dans la presse locale et dans les médias en général. Une équipe de télévision de CBS avait même fait le déplacement à White Plains pour couvrir les drames.

Mais presque personne, en dehors des autorités policières et municipales, ne s'était attardé sur le cas de Lincoln, grièvement blessé par le tueur. Au final, c'était mieux ainsi pour Westwood car il n'avait pas eu à affronter les questions indiscrètes des journalistes et il pouvait continuer à circuler dans les rues de White Plains sans être reconnu ou interpelé par les curieux. Un col roulé ou une écharpe faisaient l'affaire pour dissimuler sa cicatrice, seule séquelle apparente de l'agression.

Toutefois, comme c'était le cas pour Ashley, il arrivait fréquemment à Lincoln de revivre la scène en cauchemar. Si le scenario variait parfois – Broockwell taillait la gorge d'Ashley ou celle de Dino à la place de la sienne – le policier retraité se réveillait brutalement et déglutissait avec grande difficulté tant il serrait sa gorge pour vérifier qu'une plaie sanguinolente ne s'y trouvait pas.

D'autres fois, des souvenirs du Vietnam se mêlaient à ces cauchemars : l'enfer de la jungle, humide et étouffante, les attaques surprises des vietcongs, la terrible odeur du napalm, les cris des combattants ennemis, mais aussi ceux des civils, victimes collatérales du conflit.

Par une incroyable coïncidence, un intérêt commun pour Richard Nixon unissait Lincoln et

Herman Broockwell et avait également joué un rôle surprenant, mais non négligeable, dans la survie de l'inspecteur.

Au moment de l'arrestation, Westwood portait sur le revers de sa veste un badge datant des élections présidentielles de 1968. Un soutien au Parti Républicain qu'il avait oublié d'enlever du vêtement longtemps remisé au fond de son armoire.

Et si Lincoln était favorable aux Républicains, Broockwell était quant à lui un véritable adorateur de Nixon. La vue du badge l'avait distrait un très court instant, il avait relâché la pression sur son couteau et Ashley en avait profité pour lui tirer dessus. Lincoln avait revécu mentalement la scène des centaines de fois depuis les faits.

Mais aujourd'hui, à la lumière des informations révélées par la commission d'enquête du Sénat et des défections successives dans l'entourage du Président, Lincoln Westwood – comme beaucoup d'Américains – avait perdu foi en Nixon. En ce début d'année 1974, la bataille judiciaire autour des enregistrements et de l'affaire du Watergate promettait d'être rude et âpre ; et l'ancien inspecteur se désintéressait de la politique et des déceptions qu'elle engendrait.

La dernière fois qu'il avait porté son attention sur le Président et sur cette interminable agitation médiatique remontait au 17 novembre quand, lors d'une conférence de presse retransmise à la télévision, le locataire de la Maison-Blanche avait déclaré sans ciller une seconde : « *Le peuple doit savoir si son président est un escroc ou non. Eh bien je ne suis pas un escroc. J'ai mérité tout ce que je possède.* ».

Pour Lincoln Westwood, davantage encore que pour Ashley Wolfe, un chapitre était clos.

6

Vajramani Singh tenait un drugstore sur Jared Drive, non loin de Gedney Park. Comme le reste de la population, le gérant de la boutique – ouverte tôt le matin et jusque tard le soir – avait été profondément impacté par les meurtres perpétrés dans le secteur. La suspicion avait régné pendant une partie de l'été parmi les habitants du quartier et l'honnête commerçant avait perdu une part non négligeable de son chiffre d'affaires.

Issu de la communauté Sikh du Pendjab au nord de l'Inde, et né en 1937, Vajramani Singh était arrivé en février 1951 aux États-Unis avec ses parents. Tout juste adolescent, il s'était malgré tout très bien intégré, même s'il ne brillait pas sur le plan scolaire. Aux études, il préférait largement le travail manuel.

À l'âge de seize ans, il fut employé comme homme à tout faire dans le drugstore de Monsieur Davis sur Jared Drive, pour quelques dollars par semaine. Il travaillait dur, remplissait les rayons, lavait les sols avant l'ouverture – ou en journée quand un client maladroit laissait tomber une bouteille de lait ou de bière – rangeait la réserve et assurait de temps à autre les livraisons à bicyclette. Au bout de quelques mois, il fut même autorisé à encaisser les ventes l'après-midi pendant que Monsieur Davis faisait la sieste à l'étage.

Le jeune Vajramani était apprécié par la clientèle du quartier qui fréquentait le magasin à toute heure pour s'y procurer des confiseries, des journaux, des barres chocolatées, des sandwiches, du café, de l'alcool, des pellicules photo, des médicaments et même des cigarettes.

Quand, en 1965, Monsieur Davis avait décidé de prendre sa retraite et de céder son échoppe, il l'avait naturellement proposée à Singh, qui avait accepté. Davis et son épouse restèrent propriétaires des murs et du logement à l'étage, et l'employé devint, à vingt-huit ans, le gérant du drugstore en remboursant le fonds de commerce à crédit pour une durée prévue de quinze ans. Une transaction équitable pour les deux parties.

Vajramani Singh avait alors rafraîchi le drugstore en le repeignant, à l'intérieur comme à l'extérieur, et il avait ajouté un petit rayon livres et disques qui plaisait particulièrement aux jeunes. À son tour, il employa quelques étudiants, à la recherche d'un job pour financer leurs études, afin d'effectuer les livraisons à domicile chez les personnes âgées du quartier.

Un peu plus de huit ans plus tard, à la fin de l'année 1973, l'affaire prospérait toujours et Singh – qu'on appelait désormais respectueusement et amicalement Monsieur Singh, comme on avait appelé l'ancien propriétaire Monsieur Davis – était une figure connue et appréciée de tous dans cette partie de la ville.

Pour la première fois de sa vie, à presque trente-sept ans, Vajramani Singh avait profité du calme après les fêtes de fin d'année, période faste pour son commerce, pour prendre trois jours de congés en janvier. Il avait rendu visite à ses parents, âgés et malades, qui habitaient maintenant un petit appartement à Yonkers, entre New York et White Plains.

Singh était rentré à White Plains le dimanche 13 janvier en soirée, était passé saluer Monsieur et Madame Davis au-dessus de son magasin, puis comptait regagner rapidement le studio qu'il occupait deux-cents mètres plus loin dans Jared Drive. En quittant le logement des Davis, il se dit que sa vie lui plaisait. Le lendemain, il se lèverait tôt pour l'ouverture du drugstore.

La neige avait fondu lors d'un bref redoux quelques jours plus tôt, mais un froid presque polaire s'abattait de nouveau sur la ville. En ce lundi 14 janvier 1974, bien courageux étaient les travailleurs, les écoliers et les étudiants qui osaient mettre le nez à l'extérieur tandis que la température flirtait avec les -12°C.

Sur Jared Drive, un petit attroupement s'était formé devant le drugstore de Vajramani Singh. Le rideau en métal était descendu et une affiche annonçait encore la fermeture des jours précédents.

— Il est presque 7h00 ! protesta une femme couverte d'au moins deux ou trois manteaux. D'habitude, il est ouvert à 6h00, je passe à 6h30 prendre mon café !

— Et parfois à 5h30, lui répondit au homme dont seuls les yeux étaient visibles entre son bonnet et son écharpe.

— Il a peut-être prolongé ses congés ? suggéra un troisième client matinal.

— C'est étrange, ça ne lui ressemble pas, reprit la femme aux manteaux. Surtout sans prévenir sa clientèle.

Une fenêtre s'ouvrit à l'étage, laissant apparaître la tête dégarnie de Davis, en partie couverte d'un bonnet de nuit glissant sur la droite.

— C'est quoi ce raffut ? maugréa d'abord le vieil homme.

— Ah, Monsieur Davis ! l'interpela aussitôt un des clients. Le magasin est fermé, Monsieur Singh n'est pas là. Savez-vous s'il a pris un autre jour de repos ?

— Non, il est bien rentré. Il est passé nous voir hier soir. Attendez, je descends. Vajramani m'a laissé un double des clés en cas d'urgence.

Contrairement à l'entrée de la boutique, il fallait passer par une allée latérale pour accéder au logement des Davis situé à l'étage, ou pour en sortir. Moins de deux minutes plus tard, les clients entendirent une porte grincer dans l'allée, puis un cri d'effroi. Le petit groupe se précipita. Monsieur Davis avait dû glisser sur le sol gelé. À son âge, il s'était peut-être cassé quelque chose en tombant.

— Oh mon Dieu ! hurla la femme aux manteaux en arrivant au niveau de Davis ; qui n'avait pas chuté, mais qui s'appuyait contre le mur, les jambes flageolantes.

Le pauvre Vajramani Singh gisait dans l'allée, sur le dos, les yeux ouverts vers le ciel encore obscur. Sa peau était bleuie par le froid, mais le plus choquant était la plaie par balle au milieu du front du commerçant le plus apprécié du quartier. Du sang s'était écoulé de l'orifice noir, plus petit qu'une pièce de dix *cents*, puis avait séché sur la tempe gauche du malheureux et sur le sol en béton de l'allée.

Les autres clients crièrent à leur tour, en arrivant sur les lieux.

— Mais qu'est-ce que c'est que ça ? demanda un homme en désignant la poitrine de Singh.

— N'y touchez pas, c'est peut-être un indice !

Un petit objet trônait sur la poitrine du défunt. Il semblait avoir été posé là délicatement et il ne pouvait figurer de la sorte, sur le corps, par hasard. Il s'agissait d'une pièce de jeu d'échecs.

— C'est un pion noir de jeu d'échecs, commenta un curieux en s'approchant assez près du cadavre.

— Bon sang, qu'est-ce que ça fait là ?

— Appelez la police ! ordonna quelqu'un.

7

S'approcher de Vajramani Singh fut d'une simplicité enfantine pour la silhouette drapée dans un long manteau marron.

Il faisait nuit noire, la température était glaciale et, en cette fin de soirée, plus personne ne déambulait dans les rues. Seuls le vent froid et le grésillement des lampadaires occupaient l'espace sonore de Jared Drive.

Depuis son poste d'observation, un peu plus loin de l'autre côté de la rue, la silhouette avait vu le gérant du drugstore s'aventurer dans l'allée puis, après avoir sonné, se rendre à l'étage chez les Davis. Monsieur Davis. Lui aussi avait une part de responsabilité. Mais moins que Singh. À cette époque…

Une vingtaine de minutes plus tard, vers 22h10, Vajramani Singh sortit dans l'allée par la porte. Les mains dans les poches, il fit quelques pas pour rejoindre la rue principale avant de se retrouver face à la silhouette. Elle avait surgi de nulle part. Si elle n'avait pas été vêtue de marron, Singh aurait très bien pu la confondre avec un fantôme, tel qu'on les dessinait, couverts d'un drap blanc, dans les livres pour enfants. Le visage de l'apparition était dissimulé derrière une épaisse écharpe assortie au manteau et une paire de lunettes de soleil, totalement inutiles à une telle heure.

— Qu'est-ce que... Que me voulez-vous ? balbutia le commerçant, pris de panique.

— Vous devez payer. La partie a commencé et c'est à votre tour.

La voix était sourde derrière l'étoffe. Neutre, sans accent. Ni jeune, ni vieille, elle paraissait irréelle. Singh tenta de contourner son opposant et de fuir, mais l'allée était trop étroite pour passer d'un côté ou de l'autre.

— Je ne sais pas de quoi vous parlez... mais oui... je peux payer. Si vous voulez de l'argent, je peux vous en donner...

L'autre resta silencieux.

Soudain, un bras prit forme sur le côté de la masse marron. Une main émergea d'une poche, un objet sombre serré dans les doigts gantés. Il s'agissait d'un pistolet au canon étrangement long. Singh sentit ses entrailles se liquéfier et le temps lui sembla s'écouler au ralenti quand le bras se redressa, désormais à l'horizontale. L'arme n'était plus qu'à quelques centimètres de son visage.

Ce fut la dernière vision sur Terre de Vajramani Singh, l'honnête et travailleur gérant du drugstore sur Jared Drive.

L'index ganté appuya sur la queue de détente. Une fraction de seconde plus tard, la balle déboucha de l'interminable canon de l'arme, accompagnée d'un son étouffé à peine audible au-delà de quelques mètres, et se ficha au milieu du front de la victime. Ses yeux se figèrent instantanément, privés de toute étincelle de vie, mais restèrent ouverts. Le corps s'affala sur lui-même et s'allongea, sur le dos, au milieu de l'allée.

Le tireur, le souffle court, observa son œuvre sans bouger pendant près d'une minute – une longue minute – puis ferma les yeux. L'air froid qui pénétrait dans ses poumons, légèrement réchauffé en traversant l'écharpe, lui faisait du bien.

L'individu fit disparaître l'arme à feu aussi vite qu'elle était apparue ; puis glissa la main dans une autre poche et en extirpa une pièce de jeu d'échecs. Un pion. Un simple pion noir. La silhouette le déposa, à vue, sur la poitrine au cœur arrêté de Vajramani Singh.

Semblant se recueillir, d'une voix qui n'était guère plus qu'un murmure, elle prononça sur le ton d'une comptine :

— Le pion noir, ignorant le danger, voyagea de deux cases et sauta de D7 vers D5. Il se rendit compte de son erreur, une erreur de débutant, mais il était déjà trop tard. Il fut pris en passant sur la case D6 par un pion blanc, qui, pendant les déplacements précédents, l'avait surveillé attentivement depuis E5. Une vie s'arrête, mais la partie continue.

Sa tirade achevée, la silhouette s'éloigna de la scène de crime avant de disparaître dans la nuit, le long des façades de Jared Drive.

8

William Shelby Jr., le nouvel inspecteur de la brigade criminelle, était en poste depuis une dizaine de jours. Il se sentait maintenant un peu plus à l'aise que lors de sa première journée au WPPD, grâce à l'ambiance plutôt détendue qui régnait au sein de l'équipe. S'il avait fait connaissance avec les détectives Jones et Roberts, Shelby avait passé l'essentiel de son temps avec ses coéquipiers, Dino Costa et Ashley Wolfe. La jeune femme lui avait expliqué qu'elle n'était pas inspecteur – « pas encore » avait ajouté Costa – mais qu'elle avait intégré un programme lui permettant d'être détachée à la criminelle et que, de fait, elle travaillait sur les enquêtes au même titre qu'un enquêteur expérimenté.

Shelby, de son côté, s'était renseigné sur sa nouvelle affectation avant son arrivée et avait pris connaissance de l'affaire de l'éventreur de White

Plains et du rôle central et décisif joué par Ashley dans sa résolution.

La semaine écoulée avait été calme. L'hiver et le froid semblaient avoir placé les criminels en hibernation. En temps normal, un homicide ou une agression dans les transports en commun auraient occupé le trio d'enquêteurs. Mais ils avaient seulement été appelés le mercredi précédent sur les lieux d'un cambriolage et ils s'étaient portés volontaires le vendredi après-midi pour assister les secours au nord de la ville sur la route menant à la bourgade de West Harrison. Un important accident de la circulation provoqué par les mauvaises conditions météo avait engendré un embouteillage monstre et on dénombra une quinzaine de blessés légers ou plus sérieux à évacuer vers les hôpitaux les plus proches.

Enfin, Dino et Ashley avaient profité d'un saut au stand de tir de la police pour faire un bref détour par l'institut médico-légal et présenter leur nouveau collègue à Lance Leroy et à Shannon Springfield, alors en pleine pause café. Edmonds, absent lors de la visite, pratiquait une autopsie à Port Chester ; l'une des deux autres juridictions où il exerçait.

Aussi Ashley identifia immédiatement la vive lueur qui embrasa le regard de Costa quand il décrocha le téléphone ce lundi 14 janvier peu avant 8h00. Ils étaient tous arrivés tôt, à l'exception du capitaine Abraham, manquant encore à l'appel. L'inspecteur hocha la tête à plusieurs reprises en écoutant attentivement son correspondant, leva un doigt pour attirer l'attention de ses coéquipiers et griffonna quelque chose sur une page d'un carnet posé devant lui. Puis il raccrocha.

— C'était Collins. Les affaires reprennent.

Shelby, peu habitué à l'humour de Costa, le regarda circonspect.

— On a un meurtre sur Jared Drive.

— Un meurtre ? interrogea la récente recrue, comme si, après cette première semaine peu animée, il n'était pas supposé travailler à la criminelle.

— Oui, un commerçant du quartier descendu d'une balle en pleine tête. Aucune arme sur les lieux d'après l'officier qui nous attend, il ne s'agit donc pas d'un suicide. Quelqu'un l'a refroidi, si vous me passez l'expression par le temps qu'il fait dehors.

Tous trois se levèrent, enfilèrent leurs manteaux et descendirent au rez-de-chaussée par les escaliers, en direction du garage situé sur l'arrière du bâtiment.

— Baptême du feu, Shelby. Tu as gagné le droit de conduire !

Costa nota leurs noms sur le registre du garage, s'empara des clés de la Ford Maverick marron – leur véhicule habituel – et les lança à Shelby.

— Bon sang, constata l'inspecteur en démarrant la voiture. On a intérêt à faire attention à l'essence cette semaine, il reste à peine un quart du plein.

— Ouais, et je nous vois mal nous rendre à pied sur les scènes de crime ! répondit Costa, assis à ses côtés.

— Costa, est-ce que Collins t'a communiqué l'identité de la victime ? s'enquit Ashley depuis la banquette arrière, tandis que la voiture quittait le garage et s'élançait sur South Lexington Avenue.

— Oui, mais son prénom est imprononçable. Son nom de famille est Singh.

— Vajramani Singh ?

— Oui, ça doit être ça. Tu le connais ?

— C'est le gérant du drugstore. J'y suis déjà allée en rentrant de la brigade. Il est… il était ouvert tard le soir.

— Eh bien, ça ne semble pas lui avoir réussi !

— C'est peut-être une première piste à explorer ? suggéra Shelby.

Quand la Ford arriva sur Jared Drive, le jour se levait à peine. Ashley aperçut aussitôt la rubalise jaune marquée de l'inscription réglementaire « *Crime scene, do not cross* » qui barrait l'entrée de l'allée. La ressemblance avec la première scène de crime sur laquelle elle avait enquêté six mois plus tôt était flagrante.

Shelby gara la berline un peu plus loin que le drugstore – dont le rideau de métal toujours baissé risquait de rester en l'état pendant plusieurs jours – et le trio d'enquêteurs se dirigea vers l'officier chargé de surveiller les lieux, qui sautillait sur place pour se réchauffer et buvait une tasse de café apportée un peu plus tôt par Madame Davis.

La dépouille de Vajramani Singh reposait au milieu de l'allée sous une bâche en plastique. Une ouverture avait été pratiquée à l'aide de ciseaux en son centre par l'officier, laissant apparaître le pion noir posé sur la poitrine de la victime. Ashley s'en approcha et nota les premières constatations dans son carnet.

— C'est la seule solution que j'ai trouvée pour éviter de déplacer le pion en couvrant le corps, osa l'officier auprès de Costa et Shelby, un peu plus loin.

— Vous avez eu raison, officier. Très bon travail, répondit Costa en lui donnant une tape dans le dos.

Ashley enfila des gants en latex – elle avait appris à toujours en avoir une paire sur elle – et préleva avec précaution la pièce de jeu d'échecs avant de la glisser dans un sachet en papier kraft tendu par Shelby.

— Autre chose, officier ? demanda Costa après avoir échangé quelques phrases par radio avec le sergent Collins concernant l'enlèvement du corps et son transport vers l'institut médico-légal.

— Non, aucun objet inhabituel dans l'allée, pas d'autre indice. Mais vous pouvez vérifier par vous-même. Et pas la moindre trace de pas, le sol est gelé, il n'y a ni neige, ni terre, ni boue.

— D'accord. Un véhicule va venir chercher le corps et l'emmener à l'institut médico-légal d'ici trente minutes. Ils prendront également quelques photos. Ça ne vous dérange pas de rester encore un peu ? Mes collègues et moi retournons au QG pour faire notre rapport au capitaine.

— Entendu, inspecteur.

Ashley remarqua que Shelby était resté parfaitement maître de lui-même sur la scène du crime, y compris lorsque Costa avait soulevé la bâche pour jeter un coup d'œil au cadavre. Il n'avait pas vomi, comme elle lorsqu'elle avait vu sa première victime de meurtre.

Mais après tout, William Shelby n'était pas un débutant. Comme tout inspecteur de police chevronné, il avait déjà probablement connu son lot d'horreurs dans le Massachusetts.

9

De retour au troisième étage du WPPD, les inspecteurs et l'officier détachée constatèrent qu'Elias Abraham était arrivé à la brigade. Il était dans son bureau et la porte était ouverte. Costa résuma les faits à leur supérieur tandis qu'Ashley et Shelby préparaient le tableau d'enquête en y inscrivant le nom de la victime, son âge, sa profession et le lieu du crime.

Les photos suivraient dans la journée. Celles de l'allée, mais aussi une photo de Singh vivant qu'ils se procureraient auprès de Monsieur Davis ou en contactant sa plus proche famille. Dino Costa revint rapidement à son bureau.

— Le chef a appelé Edmonds, il va s'occuper de l'autopsie ce matin. Il est déjà en route. Il nous appellera dès qu'il aura terminé.

Ashley acquiesça.

— Priorité à cette enquête, ajouta le capitaine après avoir rejoint son équipe. Ce n'est pas tous les jours qu'un crime aussi violent frappe notre ville ; et heureusement d'ailleurs. Notez qu'il s'agit d'un membre apprécié de la communauté. Ne négligez rien. Piste crapuleuse, fraude, règlement de compte, crime raciste, mari trompé et en colère… Tout doit être envisagé. Passez la vie de Singh au peigne fin. Et discrètement.

— Comptez sur nous capitaine, commenta Ashley en son nom, mais aussi en celui des deux détectives.

— Ah oui, j'oubliais ! ajouta Abraham alors qu'il repartait vers son bureau. Essayez de trouver ce que cette pièce de jeu d'échecs vient faire dans cette affaire. Y a-t-il une signification derrière ce pion, ou le tueur a-t-il laissé ça sur le corps pour brouiller les pistes ?

Dans l'attente de nouvelles en provenance de l'institut médico-légal, les enquêteurs occupèrent les heures suivantes en reportant quelques pistes sur le tableau d'enquête et en notant les questions à poser à Edmonds, à Lance et à Shannon. Ashley se chargea également d'appeler Monsieur Davis afin d'obtenir le numéro de téléphone des parents de Vajramani Singh, à Yonkers.

Ils furent effondrés lorsque la jeune femme leur annonça la dramatique nouvelle au téléphone. Quelques mois auparavant, elle se serait rendue à leur domicile avec Dino Costa pour leur annoncer la mort de leur fils unique en face, mais la consigne avait été passée au sein des forces de l'ordre de privilégier le téléphone aux déplacements, lorsque cela était possible, afin d'économiser l'essence. L'exercice, s'il pouvait sembler moins accablant de la sorte pour la policière, en devenait d'autant plus impersonnel et froid.

Pour ne pas rater la moindre nouvelle en provenance de l'institut, les enquêteurs se firent livrer des hot-dogs au bureau, qu'ils mangèrent en salle de pause. Mais, après l'appel passé aux parents de la victime, celui d'Ashley fut particulièrement difficile à avaler.

En début d'après-midi, un officier s'était rendu au domicile de Monsieur et Madame Davis et en était revenu avec une photo de la victime, pour le tableau d'enquête. Sur le cliché, pris quelques années plus tôt, on pouvait apercevoir Singh souriant, se tenant fièrement devant son drugstore ; la réussite symbolisant son travail acharné.

Ashley éprouva un puissant sentiment d'injustice en placardant la photo sur le panneau de liège, à côté de celle représentant le même visage, mais sans vie ni sourire, prise le matin même dans l'étroite allée perpendiculaire à Jared Drive.

Lincoln Westwood lui avait recommandé de ne pas s'apitoyer plus que nécessaire sur le sort des victimes, de les considérer plutôt comme des numéros. Mais cet attachement, ce lien que la jeune femme créait avec elles, sans pourtant le rechercher, était plus fort qu'elle.

Ashley était fermement décidée à mettre toutes ses tripes et toute son énergie dans cette enquête pour identifier, arrêter et faire condamner l'auteur de cet odieux crime.

Le téléphone placé sur le bureau de Costa sonna peu après 16h00. L'inspecteur décrocha.

— Inspecteur Dino Costa, brigade criminelle, j'écoute.

— Costa ? C'est Lance, à l'institut.

Lance Leroy, bien que compétent et rigoureux dans son travail, était connu pour être quelque peu original, pour ne pas dire excentrique ou farfelu aux yeux de certains.

Ainsi, il travaillait la plupart du temps en musique, malgré la nature parfois grave, et décisive dans les enquêtes, de son métier. En tendant l'oreille, l'inspecteur distingua *The Joker* de Steve Miller Band dans le combiné du téléphone, derrière la voix du technicien d'analyse.

— Ah, Leroy ! J'espère que tu as de bonnes nouvelles pour nous.

— Pas vraiment, à vrai dire. Pour faire court, il n'y a aucun indice, aucune piste. Edmonds a récupéré la balle logée dans le cerveau en pratiquant l'autopsie, mais elle ne nous a rien appris. Bon, malgré tout, l'absence de résultats est quand même un résultat en soi, si tu vois ce que je veux dire.

— Pas du tout, Leroy.

— Le plus simple est que vous passiez nous voir, on vous expliquera en détail. Et Edmonds vous attend pour son compte-rendu d'autopsie.

— OK. On arrive tout de suite, répondit l'inspecteur avant de raccrocher et de partager la teneur de son échange téléphonique avec ses deux coéquipiers.

— Ce gars travaille sur des preuves concernant des crimes tout en écoutant de la musique ? demanda William Shelby avec surprise.

— Oui. Ça peut surprendre au début, concéda Ashley. Mais Lance est un excellent technicien et la musique l'aide à se concentrer. Avec Shannon, ils forment le meilleur duo dont on puisse rêver et nous leur devons beaucoup.

10

Une vingtaine de minutes plus tard, Ashley gara la Ford le long du trottoir sur Winslow Road, à deux pas de l'institut médico-légal.

Il faisait déjà presque nuit et le froid mordant, amplifié par le vent féroce, traversait littéralement les épaisseurs de vêtements portés par les enquêteurs du WPPD. L'allée menant au bâtiment était en légère pente et intégralement gelée ; et tous trois manquèrent de glisser plus d'une fois sur les quelques mètres séparant la chaussée de la porte d'entrée du repère des scientifiques.

Une fois à l'intérieur, Costa, Wolfe et Shelby ne restèrent pas dans le hall d'attente à l'éclairage morne, mais se dirigèrent directement vers la salle d'autopsie.

Contrairement au choc thermique constaté par Ashley l'été précédent, le contraste entre la température extérieure et celle de la salle où régnaient des effluves assimilés à la mort était pratiquement nul. C'était au moins un avantage.

Sidney Edmonds, le légiste, attendait l'équipe de fins limiers en rangeant ses affaires. Le médecin afro-américain, dont le crâne chauve brillait sous l'éclairage froid de la pièce, salua ses visiteurs et fit connaissance avec l'inspecteur Shelby.

— Quelles sont les nouvelles Doc ? amorça Costa en désignant le corps étendu sur la table d'autopsie.

La dépouille du gérant du drugstore reposait paisiblement sur la structure en métal. Un linceul blanc opaque replié dissimulait la partie inférieure du corps tandis que le torse présentait une incision en « Y » pratiquée pour les besoins de l'examen des organes. Même si la mort par balle était évidente, Edmonds avait tenu à explorer toutes les pistes. Dans de tels cas, on passait parfois à côté d'un indice primordial en faisant trop confiance aux évidences.

Les cheveux de la victime avaient été rasés afin de pouvoir ouvrir le crâne proprement et d'extraire la balle du cerveau. Edmonds avait ensuite remis en place la calotte crânienne. La technique la plus récente consistait, non pas à recoudre le cuir chevelu, comme pour l'incision en « Y », mais à utiliser une colle spécifique qui rendait l'aspect du défunt un peu moins traumatisant. Une perruque semblable aux cheveux naturels de Vajramani Singh attendait, sur un plateau, d'être disposée sur le cuir chevelu pour parfaire l'illusion.

Enfin, le légiste avait fermé les paupières de Singh en prévision du sommeil éternel et maquillé l'impact provoqué par le tir fatal sur le front à l'aide de fond de teint. On distinguait à peine la cause de la mort du commerçant et on aurait presque pu penser qu'il était en train de faire une sieste ; même si le lieu choisi s'avérait incongru.

— Je vous confirme la mort par arme à feu, répondit Sidney Edmonds. J'ai retrouvé la balle dans le lobe pariétal. Le projectile a traversé l'os frontal puis le lobe frontal, mais n'a pas eu assez de puissance pour poursuivre sa trajectoire et traverser son crâne entièrement. La mort a été instantanée, Monsieur Singh n'a rien senti.

— C'est toujours ça, chuchota Ashley. Pauvre homme…

— Il s'agit d'un petit calibre. La balle est déformée, mais je penche pour du 9mm. Je pense également que le tueur a utilisé un silencieux, ce qui pourrait expliquer en partie la déformation de la balle et sa puissance relativement faible pour un tir à bout portant.

— Ceci expliquerait, commenta Costa, pourquoi les Davis n'ont rien entendu, ni quand Singh les a quittés, ni plus tard dans la nuit, alors que le meurtre s'est déroulé en bas de chez eux. Nous allons procéder à une enquête de voisinage pour recueillir d'autres témoignages qui, normalement, devraient concorder.

— Sinon, les organes de Monsieur Singh étaient parfaitement sains. Cœur, foie, pancréas, reins… Et même son bilan hématologique.

Ashley remarqua le discret haussement de sourcil de Costa à la mention du dernier mot prononcé par le légiste.

Elle avait remarqué, dès son arrivée à la brigade, que Dino Costa et Lincoln Westwood, même s'ils étaient au final d'excellents policiers, possédaient des connaissances plutôt limitées en termes techniques et vocabulaire scientifique. C'était la vieille école et Costa aurait sans doute préféré la traduction profane et tout aussi efficace à ses yeux : prise de sang.

— Cet homme était en excellente santé, continua le médecin légiste, et il aurait encore pu vivre de très longues années.

Shelby acquiesça en griffonnant quelques notes dans son carnet et prit la parole.

— Le corps présente-t-il des traces de lutte, ou des marques suspectes ?

— Non, inspecteur. Ni blessures défensives, ni ecchymoses provoquées par une lutte ou par un quelconque déplacement *post-mortem* de la victime. L'agression a probablement été très rapide. Monsieur Singh a été pris par surprise.

— Ou bien, il connaissait peut-être son agresseur, releva Costa.

— C'est une autre possibilité en effet, confirma le légiste. Une connaissance, ou une personne à qui on accorde sa confiance au premier abord. Comme un représentant des forces de l'ordre par exemple.

Costa tiqua en émettant un claquement de langue.

— Ça reste une possibilité parmi d'autres, tempéra Edmonds.

— Il faudra également interroger les étudiants que Monsieur Singh employait pour ses livraisons, intervint Ashley. N'oublions pas que le drugstore propose des médicaments en libre service, mais susceptibles d'attirer toute sorte de trafiquants ou de drogués. Jared Drive n'est qu'à quelques pâtés de maisons de Gedney Park.

— Bien vu !

Costa adressa un clin d'œil à la jeune femme et Shelby nota l'idée.

— Pour conclure, reprit Sidney Edmonds, et comme vous vous en doutez probablement, je n'ai pas pu déterminer l'heure précise de la mort à cause de ce froid glacial qui a faussé la température du corps.

— Même pas une fourchette horaire ?

— J'y viens. La *rigor mortis* était en grande partie installée quand la victime a été transportée ici. Or, sachant qu'en conditions normales et tempérées, la rigidité cadavérique débute environ trois heures après la mort, qu'elle est importante au bout de six heures et qu'elle est, en général, totale après douze heures, Monsieur Singh a donc très bien pu être tué immédiatement après avoir quitté l'appartement des Davis, comme très tôt ce matin. Mon rapport écrit vous parviendra demain à la brigade, à la première heure.

— Bon, on fera avec ça. Merci pour toutes ces précisions Doc. Et pour la pièce de jeu d'échecs ? Des infos ?

— Ah, ça, c'est le domaine de Lance.

Les enquêteurs prirent congés en remerciant à nouveau Sidney Edmonds et quittèrent la lugubre salle réfrigérée pour l'ambiance nettement plus agréable – et la température plus élevée – du bureau occupé par Double L et Double S.

11

De l'autre côté du bâtiment, le trio fut accueilli en pénétrant dans l'antre du technicien d'analyse et de l'agent de liaison judiciaire par l'énergique *Live and Let Die* de Paul McCartney and Wings ; chanson signée par l'ex-membre des Beatles pour la bande originale du dernier James Bond en date.

Apercevant leurs visiteurs, Lance tendit le bras vers son lecteur de cassettes Philips pour baisser le son, laissant toutefois la musique illustrant les exploits de 007 en sourdine. La chaleur de la pièce était agréable et appréciable.

— Bonjour la compagnie ! lança Shannon.

Ashley échangea des embrassades avec les deux jeunes gens, devenus ses amis, et Shelby fut surpris d'une telle camaraderie. Il n'avait jamais rien observé de comparable entre les services de police de Plymouth, son ancienne affectation, et les services médico-légaux du secteur. Ils étaient soit inexistants, soit représentés par de vieux hommes austères en blouses blanches, pour qui tout ce qui n'était pas empreinte digitale n'était pas une preuve tangible et recevable.

Costa entra sans plus attendre dans le vif du sujet.

— Salut Leroy. Alors, tu as quelque chose pour nous concernant ce truc, là ? Un pion, c'est bien ça ?

— Un pion noir issu des pièces d'un jeu d'échecs.

— Oh, tu sais, je n'y connais absolument rien. Parle-moi de poker, et là ça sera autre chose. Pour moi, pion, roi, fou, c'est du pareil au même ! Et je ne te parle même pas des règles !

— Je vois ça, répondit Lance en riant. Mais rassure-toi, tu n'as pas besoin d'être un as des échecs pour comprendre ce que je vais te dire.

— J'espère bien, nous t'écoutons.

— Bien. Comme il fallait s'y attendre, il n'y a aucune empreinte sur le pion. Le tueur portait des gants. À la fois pour ne pas laisser d'empreintes, mais aussi, je pense, pour se protéger du froid.

— Ouais, ça me parait logique. Mais dis-moi que ce pion possède des caractéristiques uniques, qu'il n'en existe que quelques exemplaires en circulation et que nous n'aurons aucun mal à remonter jusqu'à son propriétaire.

— Je pourrais en effet te dire ça, répliqua Lance Leroy en raillant amicalement l'inspecteur Costa. Mais ça serait totalement faux.

— Ah, bordel, je m'y attendais.

— Ce pion est tout ce qu'il y a de plus classique. Il provient d'un jeu d'échecs standard, fabriqué en grande série et disponible un peu partout. Son seul signe distinctif est la présence d'un disque de feutrine verte en dessous de la pièce. Ce n'est donc pas un jeu d'échecs d'entrée de gamme, mais un modèle de qualité légèrement supérieure.

— D'après toi, sa présence sur la scène de crime a une signification particulière ? Une symbolique qui m'échappe ?

— C'est probable. Pour le tueur en tout cas. Mais j'ignore laquelle. Tu vas devoir faire la tournée des magasins de jeux et jouets et demander aux vendeurs s'ils ont remarqué quelque chose d'inhabituel parmi leurs clients. Un mec bizarre par exemple. Mais avec les centaines de clients qui ont défilé dans les boutiques pendant les fêtes, je doute que tu obtiennes un résultat probant.

— OK. Shelby, tu pourras te charger de ça ? questionna Dino Costa de manière rhétorique en se tournant vers son nouveau coéquipier.

La recrue, pour qui l'exercice s'apparentait davantage à une forme de bizutage qu'à un véritable travail de terrain, hocha la tête. Ashley, quant à elle, fut soulagée. Quelques semaines plus tôt, la corvée lui aurait certainement été confiée.

La jeune femme observa le pion noir, rangé dans un sac en plastique et posé sur une surface carrelée, entre les pinceaux servant aux relevés d'empreintes et des fioles contenant des produits divers.

— Saviez-vous, intervint Shannon, que d'après les légendes perses, les échecs auraient été inventés en Inde vers l'an 600 ?

— Non je l'ignorais, répondit Costa. Mais la victime n'était-elle pas d'origine indienne ?

— Effectivement. Mais c'est peut-être une coïncidence, car d'autres légendes grecques, romaines, arabes et chinoises s'approprient également l'invention du jeu.

— Dis donc, tu en connais un rayon sur le sujet, Shannon ! releva Ashley.

— C'est normal, j'ai joué aux échecs au club de White Plains pendant mon adolescence, quand mes parents et moi avons emménagé ici. D'ailleurs, vous devriez peut-être vous y rendre pour poser quelques questions. C'est un milieu assez fermé mais c'est aussi une piste à explorer.

12

De retour à la brigade, tandis que ses coéquipiers s'affairaient à proximité de leurs bureaux et du tableau d'enquête, Ashley se dévoua à son tour pour informer le capitaine Elias Abraham des dernières informations concernant l'affaire ou, pour ainsi dire, de l'inquiétant manque d'informations.

Sans nouvel élément à se mettre sous la dent au plus vite, la recherche de l'auteur du crime promettait d'être ardue, longue et laborieuse ; et la jeune femme ne connaissait que trop bien cette angoissante et éprouvante quête de la vérité.

C'est pourquoi Ashley suggéra à son supérieur hiérarchique d'informer la presse sans tarder. Elle avait encore le temps, avant de quitter le WPPD et de rentrer chez elle, de rédiger un bref communiqué annonçant l'assassinat de Vajramani Singh et de le faire porter par des officiers en service aux principaux quotidiens de la ville : le *White Plains*

Daily News, le *White Plains Tribune* et le *White Plains Herald.*

Il valait mieux se faire un allié de la presse et ne rien lui cacher, ou presque. C'était la leçon qu'avait retenue l'officier détachée Wolfe après le fiasco des relations entre le White Plains Police Department et les journalistes dans le dossier de l'éventreur, affublé du sordide surnom de « tripier » dans les journaux.

Parfois, révéler la vérité aux médias et au public était préférable que de tenter de la dissimuler. En taisant les faits, la police s'exposait aux risques de fuites. Et surtout à voir fleurir dans les quotidiens locaux des versions inexactes – voire totalement fausses – des faits, qui conduiraient bien assez tôt à une surenchère incontrôlable en matière de sensationnalisme.

Sitôt l'accord d'Abraham obtenu, Ashley tapa à la machine à écrire, et en trois exemplaires, un résumé au ton neutre. Chaque mot soigneusement choisi pour ne pas affoler la population ; ce qu'il fallait à tout prix éviter aussi peu de temps après le cauchemar vécu par tous en juillet et août de l'année précédente.

Elle ajouta pour consigne aux éventuels témoins de se manifester en contactant le standard de la police, qui transmettrait l'appel à la brigade criminelle. Enfin, son travail achevé, Ashley appela le sergent Collins, qui dépêcha immédiatement trois officiers pour l'acheminement du communiqué de presse.

Selon la considération apportée à l'information par les rédactions, et en fonction de l'avancement dans la conception des éditions du soir, la disparition tragique et brutale du commerçant ferait la une des journaux quelques heures plus tard ou, dans le pire des cas, le lendemain matin.

En rentrant chez elle à pied le soir même – elle avait raté le dernier bus d'à peine quelques minutes en quittant la brigade – Ashley poussa le chauffage de son studio au maximum afin de chasser le froid glacial qui la transperçait jusqu'aux os. Puis, après s'être mise à l'aise, elle alluma la télévision sur la chaîne CBS, dont elle baissa le son, et appela ses parents, à New York, pour prendre de leurs nouvelles et pour échanger à propos de sa nouvelle enquête avec son père.

Mais Victor Wolfe, véritable bourreau de travail, n'était pas encore rentré au domicile familial. Il était retenu par une urgence au One Police Plaza, le quartier général du NYPD.

Ashley discuta quelques instants avec sa mère de choses et d'autres – la beauté de Central Park en hiver, l'augmentation du prix du baril de pétrole et, en conséquence, de celui de l'essence, la crise politique autour de Nixon à Washington – puis elle raccrocha le combiné en promettant de rappeler son père ultérieurement.

Ashley décida alors de composer le numéro de téléphone de son ami, Lincoln Westwood. L'inspecteur retraité décrocha à la troisième sonnerie.

— Allô, Lincoln ? C'est Ashley.

— Ah, salut Ashley ! Comment ça va ?

— Oh, nous avons eu une longue journée, ça faisait longtemps. Et si tu lis la presse ce soir ou demain matin, tu verras que nous sommes sur une nouvelle affaire qui, en un sens, me rappelle beaucoup la nôtre.

Les deux anciens collègues avaient naturellement pris pour habitude de désigner l'affaire de l'éventreur de White Plains par le terme « la nôtre ».

— Ah bon ? Raconte-moi tout.

Ashley résuma les débuts de l'enquête à Lincoln, de la découverte du corps de Vajramani Singh à celle de la pièce de jeu d'échecs sans omettre les différentes pistes qu'elle, Costa et Shelby comptaient explorer les jours suivants. Après tout, l'essentiel du dossier serait disponible dans les journaux au cours des prochaines heures et Westwood était un ancien de la maison. Elle n'enfreignait pas vraiment les règles.

À plusieurs reprises, Ashley ne put s'empêcher de sourire quand son ex-coéquipier lui répondit en débutant ses phrases par « Admettons » ; un tic de langage du policier, qu'elle avait identifié peu de temps après son arrivée à la brigade.

— Et comment ça se passe avec le nouveau ? demanda Lincoln quand Ashley eut terminé.

— Ça se passe bien pour l'instant. Il est assez effacé mais plutôt efficace et il s'intègre progressivement. Costa le jauge un peu à la fois, et dans l'ensemble ça va.

— Très bien ! En tout cas, tiens-moi au courant des évolutions de cette affaire et, si je pense à quelque chose, je n'hésiterai pas à t'appeler.

— Merci Lincoln et à bientôt. N'oublie pas, on se voit prochainement pour mon anniversaire, avec Shannon et Lance. J'inviterai aussi Dino.

— Et pourquoi pas le nouveau ?

— Oui, pourquoi pas.

— À bientôt, Ashley.

L'appel terminé, la jeune femme se lova sur son canapé, détacha ses cheveux châtains aux reflets blonds et résuma mentalement les faits de la journée. La découverte du corps, tout d'abord, puis l'absence d'indices constatée sur la scène de crime – à l'exception notable du pion noir – l'identité de la victime et enfin le compte-rendu de l'autopsie pratiquée par Edmonds.

Bien entendu, même si Ashley excellait dans l'exercice, comme elle l'avait indéniablement prouvé, il était trop tôt pour esquisser le profil ou le moindre début d'analyse psychologique de l'assassin recherché. Mais elle attrapa tout de même un carnet et un stylo qui traînaient sur la table basse de son minuscule salon et griffonna quelques mots, en espérant que l'appel à témoin envoyé à la presse porte rapidement ses fruits.

13

Dès le lendemain, l'effet escompté par Ashley se concrétisa. Les quotidiens consacrèrent la une de leurs éditions du matin à l'assassinat du gérant du drugstore en publiant d'énormes titres vendeurs : « *Meurtre violent sur Jared Drive* », « *Un pilier de la communauté lâchement abattu près de Gedney Park* » ou encore « *Vajramani Singh assassiné : règlement de compte ou crime raciste ?* ».

Les articles développant l'affaire, dans les pages intérieures des journaux, étaient plus neutres et s'en tenaient aux faits sans emphase, car – faute d'informations complémentaires obtenues par les journalistes – ils ne pouvaient que paraphraser le contenu du communiqué de presse rédigé par la jeune policière.

Ashley était stupéfaite du don des rédactions pour pondre des titres aguicheurs – pour ne pas dire racoleurs – dans le but, non avoué mais bien réel, d'attirer un public en mal de sensations et de vendre davantage de papier que le journal concurrent. L'information et le drame humain semblaient à chaque fois passer au second plan ; mais c'était probablement le prix à payer pour tenter de faire avancer l'enquête.

Toutefois, Ashley constata amèrement que le *White Plains Herald* avait remplacé, dans ses colonnes, le numéro de téléphone de la police pour l'appel à témoin par celui de sa rédaction.

Les premiers appels au WPPD fusèrent en fin de matinée, le mardi. Comme souvent lors de la mise en place d'un tel dispositif, la plupart étaient inutiles, voire farfelus.

Certains, anonymes, accusaient tel ou tel membre du club local d'échecs et n'étaient que des blagues de mauvais goût entre joueurs, ou des revanches de parties perdues.

Des citoyens, semblant se rappeler que la police existait, ou découvrir qu'on pouvait la joindre par téléphone, appelaient et mobilisaient la ligne pour se plaindre d'un voisin bruyant ou de leur trottoir gelé. D'autres, enfin, s'inquiétaient de la fermeture de la petite boutique de quartier et demandaient si quelqu'un allait la rouvrir.

Cependant, tous les appels ne furent pas à oublier et fournirent même aux enquêteurs des pistes à vérifier, ce qui les occupa le reste de la journée et le lendemain.

Ainsi, des bruits suspects entendus par un couple, dont le logement était situé à l'autre extrémité de Jared Drive, permirent de suivre la piste de jeunes cambrioleurs qui sévissaient depuis plusieurs semaines au sein du quartier. L'enquête fut transmise aux inséparables inspecteurs Jones et Roberts et bouclée avec succès la semaine suivante lors de l'arrestation des malfrats.

De son côté, Dino Costa traita l'appel d'un fidèle client du drugstore, qui informait la police que Vajramani Singh avait bel et bien été la cible de menaces racistes au cours de l'automne. Le commerçant avait découvert un matin des graffitis sur le rideau en métal de son magasin l'incitant – le mot était faible – à fermer boutique et à retourner vivre en Inde « avec ses semblables ».

Monsieur Singh s'était confié à ce client, qui l'avait ensuite aidé à effacer les insultes, mais n'avait pas osé porter plainte, de peur de représailles. L'incident ne s'était apparemment pas reproduit depuis.

Dans son appel, le client confia le nom d'un homme habitant le quartier, connu pour son aversion des communautés extérieures à la sienne. Mais de rapides recherches effectuées par Costa permirent de l'écarter de la liste des suspects concernant le meurtre. Le sinistre individu avait passé la semaine à New York – il y était toujours, d'ailleurs – et il possédait un alibi solide et désormais vérifié.

Si ce signalement n'avait au final rien donné, il conforta les enquêteurs dans leur choix de ne pas écarter la piste du motif racial ; même si le lien avec les échecs et avec le pion noir retrouvé sur le corps restait, dans cette hypothèse, à découvrir.

Puis la source des appels s'était tarie le troisième jour, jeudi 17 janvier. La disparition de Vajramani Singh, remplacée en une des quotidiens par l'annonce officielle d'un immédiat et inédit rationnement de l'essence dans plusieurs États, dont celui de New York, glissa malheureusement mais inéluctablement dans les dernières pages des journaux.

Le nouveau sujet d'actualité, national et économiquement primordial, occupait les esprits et déchaînait les passions partout dans le pays, y compris à White Plains.

Les Démocrates critiquaient la soi-disant mauvaise gestion du choc pétrolier par Richard Nixon. Ainsi que les tentatives maladroites du Président d'utiliser le brûlant sujet comme un écran de fumée ; dans le but de faire oublier aux Américains la scandaleuse affaire du Watergate, toujours en cours.

De leur côté, les Républicains dénonçaient la soi-disant mauvaise foi et l'apparente inaction du parti adverse dans l'établissement d'une ligne de conduite unique, en prévision de la conférence des pays consommateurs de pétrole programmée à Washington du 11 au 13 février.

Dans ce contexte, et pour découvrir de nouvelles informations permettant de faire rebondir l'affaire de l'assassinat du pauvre Vajramani Singh, il faudrait, pour les forces du WPPD, entreprendre le lendemain la fastidieuse enquête de voisinage. En sonnant d'abord à chaque porte de Jared Drive, avant d'élargir le périmètre si nécessaire.

14

La surprise, le lendemain matin, ne provint pas, dans un premier temps, d'un témoignage ou d'un nouvel indice ajouté au dossier. Mais de la météo.

Sous l'effet d'un relatif redoux survenu le jeudi en soirée – la température était remontée juste au-dessus de zéro degrés – et d'une importante couverture nuageuse, la neige avait fait son retour surprise à White Plains au cours de la nuit. Et de manière abondante.

Ainsi, une couche blanche et compacte variant de quinze à vingt centimètres, voire jusqu'à trente-cinq par endroit, avait recouvert la ville, gommant les routes, les trottoirs, les marches et les allées devant les maisons et la plupart des reliefs, tels que buissons ayant perdu leurs feuilles, jeux pour enfants ou bancs.

Peu après 8h00, heure du rendez-vous donné dans le hall du WPPD aux officiers désignés pour renforcer les effectifs de la brigade criminelle, aucun véhicule ne circulait encore dans les rues – exception faite d'un chasse-neige çà et là – et seuls quelques enfants matinaux et téméraires, anticipant déjà une fermeture presque certaine des écoles pour la journée, couraient ou criaient dans les parcs et jardins publics en se jetant des boules de neige sous les flocons qui continuaient de tomber. Les plus calmes façonnaient avec leurs mains gantées de laine des bonshommes de neige qui vivraient probablement jusqu'à la fin du week-end si l'épisode neigeux s'installait durablement.

Pour les forces de l'ordre, ces intempéries ne représentaient pas forcément une mauvaise nouvelle. En pareille journée, les policiers trouveraient peut-être davantage d'habitants présents chez eux ; tout au moins pour ceux qui pouvaient se permettre de ne pas se rendre au travail par un vendredi enneigé.

De plus, par expérience en de telles conditions météo, la petite criminalité, déjà peu élevée à White Plains, subissait une chute drastique et disparaissait presque totalement des rues. Les détectives ne seraient donc pas distraits ou dérangés pendant leur enquête de voisinage.

Enfin, comme il était périlleux, ou tout simplement impossible, de circuler en voiture en ville, les véhicules de police restèrent au garage du WPPD – la question des économies d'essence était réglée pour la journée – et les petits groupes d'officiers constitués autour de Dino Costa, de

William Shelby Jr. et d'Ashley Wolfe se rendirent à pied depuis South Lexington Avenue jusqu'à Jared Drive ; un trajet de trois kilomètres coupant par Gillie Park. Quelques inspecteurs des mœurs et des stupéfiants, les deux autres brigades du WPPD partiellement désœuvrées pour la journée, rejoignirent également les effectifs.

Avant leur départ, tous burent plusieurs tasses de café brûlant pour se réchauffer et se virent remettre des thermos du même breuvage pour plus tard en matinée.

Cependant, les résultats ne furent pas à la hauteur des espérances, ou des moyens humains mis en place. Les policiers rentrèrent au QG du White Plains Police Department, dépités et en ordre dispersé, en cours d'après-midi après avoir frappé à chaque logement de Jared Drive, des rues adjacentes et même des principales artères conduisant à Gedney Park. Ashley reconnut d'ailleurs certaines personnes qu'elle avait questionnées six mois plus tôt pendant la traque du dangereux tueur en série, dont elle ignorait alors l'identité.

Mais les riverains n'avaient rien vu, rien entendu ; ne se souvenaient même pas du programme télé de la soirée, de ce qu'ils avaient fait en ce dimanche soir ni de l'heure à laquelle ils étaient allés se coucher. Et, bien entendu, ils se rappelaient encore moins de tout potentiel indice concernant l'assassinat d'un commerçant du quartier, la nuit, dans une rue déserte.

Le trio d'enquêteurs commença à penser, avec appréhension, que le meurtrier avait peut-être signé le crime parfait et que son acte resterait impuni ; sauf en cas d'un incroyable retournement de situation.

— J'en ai ma claque ! maugréa Dino Costa, de retour à la brigade criminelle vers 17h00. Je me suis gelé les miches toute la journée pour que dalle.

— Nous devions en passer par là, tenta de tempérer Ashley. Nous pouvons maintenant écarter, presque avec certitude, toute implication du voisinage. Et il nous reste encore les conseils de Lance et de Shannon.

— Oui, je m'occuperai des magasins de jeux et jouets demain si ça vous va, commenta au bond Shelby. La neige aura peut-être un peu fondu et nous serons samedi. J'aurai mes chances d'y trouver un maximum de vendeurs. Je croise les doigts pour ne pas rentrer bredouille.

— D'accord ! le remercia Ashley. Et toi, Costa, ça te dit de te rendre avec moi demain après-midi au club d'échecs dont Shannon nous a parlé ? Ils se réunissent chaque samedi après-midi à la bibliothèque publique, sur Martine Avenue.

— Ça me va, je n'ai rien d'autre à faire de toute façon. Mais tu me traduiras le charabia de ces intellos, je n'y comprends rien. C'est d'un compliqué ce jeu ! Pas étonnant que les ruskoffs y excellent.

— Compte sur moi. Mais de toute façon, je pense demander à Shannon de nous accompagner si elle est disponible, puisqu'elle connaît un peu plus que nous les subtilités des échecs. Ça sera elle la véritable traductrice, et elle remarquera peut-être un détail qui nous aurait échappé, à toi ou à moi.

15

Comme elles en avaient convenu la veille au soir au téléphone, Ashley passa chercher Shannon chez elle le samedi en début d'après-midi puis, à bord de l'AMC Gremlin orange de la jeune policière, elles mirent le cap vers la bibliothèque publique de White Plains.

La neige n'avait pas totalement disparu des avenues et des rues de la ville – le thermomètre était toujours en berne malgré les francs rayons d'un soleil hivernal – mais la circulation automobile était largement rétablie.

L'inspecteur Dino Costa les attendait depuis quelques minutes à proximité de l'édifice, mains dans les poches et adossé à sa voiture. Même s'il était en mission officielle, le détective ne portait pas l'un de ses costumes de semaine ; mais un jean, des bottes en cuir noir, un bonnet en laine beige dissimulant en partie sa crinière frisée et un blouson aviateur en cuir marron à l'énorme col mouton. Le changement d'apparence était radical et Ashley aurait très bien pu ne pas remarquer son coéquipier s'il lui avait également pris l'idée de raser son épaisse et identifiable moustache.

— Salut les filles ! Prêtes à vous torturer les méninges ? Échec et mat ?

— Parle pour toi Costa, lui répondit Shannon avec malice.

La bibliothèque publique de White Plains était un véritable labyrinthe pouvant paraître austère au visiteur. Le bâtiment était relativement récent – tout comme le siège du WPPD, il faisait partie des constructions qui avaient vu le jour dans la deuxième moitié des années soixante à White Plains, grâce à l'essor de la ville – mais son style était impersonnel et froid. Vu de l'extérieur, il ressemblait beaucoup au J. Edgar Hoover Building, siège du FBI à Washington. Et à l'intérieur, il n'était qu'une enfilade sans fin de couloirs et de salles de tailles diverses.

Sans l'aide de Shannon, qui avait fréquenté les lieux quelques années auparavant, Ashley et Costa se seraient probablement perdus entre la section sciences humaines et celle consacrée aux grands auteurs romantiques britanniques du dix-neuvième siècle.

Le trio déboucha finalement dans une salle de taille moyenne exclusivement réservée au club d'échecs, le bien nommé White Plains Chess Club. Les murs de la pièce étaient peints d'une couleur foncée difficilement identifiable, quelque part entre le kaki et le marron. Une quinzaine de globes à l'éclairage jaunâtre descendaient du plafond pour éclairer un nombre similaire de petites tables carrées disposées en rangées au centre de la salle, où des joueurs concentrés sur leurs échiquiers ignorèrent superbement l'arrivée des enquêteurs. D'autres tables identiques, également occupées, étaient disposées dans des alcôves sombres le long des murs et faiblement éclairées par le halo de lampes de banquier.

Enfin, des tableaux en liège accrochés près de l'entrée annonçaient les dates des prochains tournois locaux ou fédéraux auxquels les joueurs du club pouvaient s'inscrire et, en quelques endroits, de grandes photographies soigneusement encadrées témoignaient des parties les plus disputées des dernières années.

Un silence presque parfait régnait dans la salle, uniquement interrompu çà et là par les clics de pendules d'échecs des joueurs qui s'affrontaient en blitz. L'ambiance n'était pas désagréable, mais plutôt feutrée, intimidante pour les non-initiés, et terriblement sérieuse.

— Eh bien, commenta à voix basse l'inspecteur Costa avec son habituel manque de tact, ce n'est pas vraiment l'endroit idéal pour rencontrer des filles et pour draguer.

— Vous dites, monsieur ?

Costa sursauta, tandis qu'Ashley et Shannon pouffèrent. La question provenait de la table la plus proche, presque cachée dans l'une des alcôves. Costa tourna la tête vers la droite et resta sans voix.

Une femme d'environ quarante-cinq ans s'était levée et, la tête légèrement penchée, elle regardait fixement l'inspecteur indélicat. Mais davantage que le fait d'être pris à débiter des âneries – il en avait l'habitude – ce fut l'apparence de la femme qui désarçonna Dino Costa, et le força à réviser son jugement hâtif.

La femme était de taille moyenne – presque grande – et mince. Ses poignets fins, ses clavicules particulièrement marquées à la base de son cou et ses longs doigts graciles en étaient autant d'illustrations. Son teint était celui d'une statuette en porcelaine, mais son visage était agrémenté d'un maquillage, certes important mais savamment élaboré, qui la mettait en valeur. Tout comme ses yeux verts aux reflets dorés, encadrés d'une longue chevelure rousse, soyeuse et flamboyante.

Elle était d'une beauté peu commune – une beauté singulière qui s'éloignait des standards en vogue – et presque irréelle.

Costa balbutia quelques syllabes dépourvues de sens, ce qui renforça l'hilarité d'Ashley et de Shannon, toutes deux au bord du fou rire.

— Vous êtes ? demanda la femme en croisant les bras sous la poitrine, la tête toujours inclinée.

— C… Costa. Inspecteur Dino Costa, brigade criminelle. Et voici mes collègues, l'officier Ashley Wolfe et Shannon Springfield, agent de liaison judiciaire. Et… et vous ?

— Je m'appelle Rita Jennings. Je suis l'une des animatrices du club, vice-championne d'État d'échecs en 1965, 1966 et 1967.

Rita Jennings tendit la main à l'inspecteur, qu'il serra mollement en priant pour que la joueuse d'échecs aux cheveux de feu ne le relance pas sur sa remarque stupide. Puis Ashley et Shannon saluèrent à leur tour la responsable du club, qui leur adressa un discret clin d'œil.

— Que nous vaut votre visite ? s'enquit la vice-championne d'échecs.

— Nous enquêtons sur un meurtre, madame, répondit le détective après avoir repris ses moyens.

16

Rita Jennings adressa quelques mots à la jeune femme avec qui elle jouait avant l'irruption des enquêteurs – une brune aux yeux bleus âgée d'une petite vingtaine d'années – puis indiqua la direction du couloir à ses trois visiteurs.

— Éloignons-nous un peu, voulez-vous ? Évitons de déranger les joueurs, certains parmi eux s'entraînent pour le prochain tournoi fédéral et le moindre instant de déconcentration peut vous faire perdre une partie.

Sa voix était grave, légèrement rauque, mais agréable. La discussion reprit un peu plus loin, dans un large couloir desservant d'autres salles, où circulaient bon nombre d'étudiants, livres glissés sous le bras.

— Ainsi, vous enquêtez sur un meurtre ? Ici ? À la bibliothèque ?

— Non, pas ici. Vous ne lisez pas la presse, madame ?

— Non, inspecteur. Presque jamais. Mais appelez-moi Rita.

— D’accord, Rita. Vous ignorez donc tout de l’assassinat de Monsieur Vajramani Singh, un commerçant de Jared Drive, survenu dans la nuit de dimanche à lundi ?

— Absolument. Je n’en ai pas entendu parler et ce nom ne me dit rien du tout. Mais quel est le rapport entre ce crime, la bibliothèque ou notre club ?

— Une pièce de jeu d’échecs a été retrouvée sur le corps de la victime, intervint Ashley. Elle semble avoir été laissée par le tueur de manière volontaire et elle doit représenter quelque chose à ses yeux.

— Et comme nous ne négligeons aucune piste, continua Dino Costa en tournant instinctivement la main vers Shannon, nous souhaitions rencontrer les membres de votre club.

Rita Jennings acquiesça.

— Vous avez affaire à la bonne personne pour vous parler du club et des échecs, mais je crains de ne pouvoir faire avancer votre enquête sans avoir une plus grande connaissance des faits.

Costa et Ashley résumèrent l’affaire dans ses grandes lignes et l’inspecteur présenta à Rita des photos du pion noir abandonné sur la dépouille du gérant du drugstore. La joueuse experte leur confirma qu'il s'agissait d'un pion plutôt commun, et que le club en possédait des exemplaires identiques parmi les jeux mis à disposition de ses membres.

Shannon profita de ces quelques instants pour s'éloigner et, par curiosité, jeter un œil aux joueurs s'affrontant dans le silence presque religieux de la salle ainsi qu'aux parties en cours.

— Aux échecs, le pion noir n'a pas vraiment d'importance particulière, énonçait la femme rousse quand Shannon revint auprès de ses collègues. Il ne s'agit ni d'une pièce mineure, comme le fou et le cavalier, ni d'une pièce lourde, comme la dame ou la tour. Et bien entendu, ce n'est pas le roi.

Costa commençait à perdre pied et lançait des regards furtifs et désespérés à Shannon.

— Mais parfois, le pion peut être utilisé en début de partie dans un gambit, enchaîna Rita.

Cette fois, l'inspecteur ouvrit grand les yeux, ce que remarquèrent les trois femmes avec un certain amusement.

— C'est le sacrifice d'une pièce pendant la phase d'ouverture de la partie, expliqua Shannon. On utilise très souvent un pion, et la manœuvre a pour but d'espérer un avantage stratégique. On appelle également ça une offre de matériel à l'adversaire.

— Euh… oui, se contenta de répondre Costa en haussant les épaules.

— Je vois que vous vous y connaissez, nota Rita avec intérêt.

— J'ai joué aux échecs il y a quelques années, quand j'étais lycéenne. Ici-même d'ailleurs, répondit Shannon. Mais je n'ai pas un niveau extraordinaire. Loin du vôtre, je suppose.

Rita Jennings adressa un sourire complice et dénué de toute condescendance à l'agent de liaison judiciaire.

— Donc, interrogea Ashley, si nous prenons pour acquis que le meurtrier connaît les règles et les subtilités des échecs, la présence d'un pion noir sur le corps peut signifier un sacrifice de la victime, ou une manière de nous tendre la main pour lancer la partie ?

— Oui, c'est possible, répondit Rita Jennings, songeuse. Mais je suis animatrice d'un club d'échecs. Je ne suis ni criminelle, ni enquêtrice. Toutefois, je serais ravie de répondre à nouveau à vos questions, voire de collaborer avec vous sur cette passionnante affaire en tant que consultante.

— Merci pour l'offre, s'empressa d'affirmer Costa, tout sourire.

— Oui, merci. Nous vous contacterons si besoin, tempéra Ashley, plutôt réticente. Ah oui, j'oubliais. Savez-vous s'il manque un pion noir parmi ceux de vos jeux ?

— C'est impossible ! rétorqua Rita Jennings en criant presque, d'un ton outré. Nos joueurs, comme tous les joueurs d'échecs du monde, ont le plus grand soin du matériel ; qu'il s'agisse du leur ou de celui du club. Les pièces sont scrupuleusement rangées après chaque partie. C'est une habitude immuable. La grande majorité des joueurs sont méticuleux. Et pour certains, un peu maniaques de l'ordre et du rangement.

— D'accord, répondit doucement l'officier détachée pour calmer le jeu. Mais je devais poser la question.

— Je comprends, accorda Rita. Si vous n'y voyez pas d'objection, et si vous n'avez rien d'autre à me demander pour aujourd'hui, je vais retourner à ma partie,

— C'est bon pour nous, conclut Costa d'un large sourire et en tendant à son tour la main à l'animatrice du White Plains Chess Club. Nous vous libérons.

Rita Jennings rejoignait son club quand Shannon l'interpela.

— Juste une dernière chose, Rita. En retournant dans la salle, j'ai aperçu que votre adversaire, la jeune femme brune, prenait des notes en cyrillique sur une feuille. Y a-t-il une raison à cela ?

— Oui. Katerina Petrovitch et ses parents sont des réfugiés politiques. Son père et sa mère sont des intellectuels qui s'opposent aux dérives du communisme, à la répression politique envers les dissidents et les penseurs, et critiquent le régime de Brejnev. Ils ont fui l'URSS l'année dernière, car ils se sentaient menacés. C'était ça ou être arrêtés par le KGB et finir au goulag.

Shannon avait en effet lu dans la presse des articles consacrés aux écrivains et autres intellectuels arrêtés sur ordre du Parti pour avoir osé critiquer, même en privé, la grandeur du régime soviétique. Et s'ils n'étaient pas envoyés dans les camps et condamnés au travail forcé, ils étaient déchus de leur nationalité et expulsés d'URSS. D'autres, comme les Petrovitch, prenaient les devants et se réfugiaient en Europe de l'Ouest, au Canada ou aux États-Unis.

— Katerina, est inscrite pour un important tournoi qui aura lieu prochainement et, bien que ne possédant pas la nationalité américaine, elle représentera notre club. Ce qui, je l'avoue, fait un peu grincer les dents de certains joueurs, car Katerina cumule le double inconvénient, dans le milieu très masculin des échecs, d'être une femme et de ne pas être originaire d'ici. Pour tout vous dire, j'ai moi-même eu beaucoup de mal à m'imposer il y a quelques années.

Écoutant attentivement le récit de Rita, Ashley éprouva finalement une certaine sympathie pour elle, doublée d'une pointe de solidarité féminine. Elle aussi connaissait très bien les milieux fermés et réservés de longue date aux hommes, où une jeune femme devait lutter de toutes ses forces et de toute sa conviction pour tenter de faire bouger les frontières.

— J'entraîne Katerina pour cette rencontre, continua Rita, mais j'apprends aussi beaucoup de son jeu. Les soviétiques sont naturellement doués pour les échecs, vous savez.

— Oui, c'est à peu près tout ce que je sais des échecs ! concéda Dino Costa.

À l'extérieur de la bibliothèque, Ashley et Shannon laissèrent éclater le fou rire qu'elles avaient eu le plus grand mal à contenir lorsque Rita Jennings avait intercepté la réplique machiste et stupide de l'inspecteur.

— Alors, Roméo ! railla Ashley. On dirait que Miss Jennings, la vice-championne d'État en 1965, 1966 et 1967, t'a tapé dans l'œil ?

— C'est dommage ! enchérit Shannon. Vu ton niveau, la chatoyante *Lovely Rita* et toi ne pourrez pas discuter passionnément des échecs pour faire plus ample connaissance !

Pour taquiner Costa, et bientôt imitée par Ashley, Shannon chantonna quelques paroles du titre des Beatles datant déjà de 1967 ; dans lequel un jeune homme timide tente de séduire Rita, la contractuelle qui vient de lui adresser une contravention, afin de la faire annuler.

— Très drôle, les filles ! bougonna gentiment l'inspecteur en retournant vers son véhicule. On se voit lundi ?

Les enquêteurs n'avaient rien appris de concret, à part l'éventuelle mais incertaine transposition à l'enquête des diverses significations du sacrifice du pion noir. Cependant, en s'assurant la collaboration de Rita Jennings, ils avaient peut-être rétabli l'équilibre dans la partie qui les opposait au mystérieux tueur.

Et Dino Costa avait *Lovely Rita* en tête, dans tous les sens du terme.

17

William Shelby fut le premier à arriver à la brigade criminelle le lundi 21 janvier. Étrangement, la semaine précédente et l'enquête en cours paraissaient lointaines à l'inspecteur.

Le dimanche, les températures étaient remontées dans le positif, le ciel s'était dégagé, et le soleil – froid mais lumineux – avait brillé toute la journée, faisant fondre la neige. En ce lundi matin, il n'en restait plus la moindre trace dans les rues de White Plains et, en se rendant au WPPD, Shelby avait découvert la ville sous un jour nouveau, pour la première fois depuis son arrivée dans l'État trois semaines plus tôt.

Concernant l'assassinat de Vajramani Singh, l'intérêt de la presse s'était essoufflé dès les éditions du vendredi soir. Et si une colonne y était encore consacrée le samedi dans l'édition du matin du *White Plains Tribune*, les journaux du dimanche n'en faisaient plus du tout mention ; faute d'avancée dans l'enquête menée par la police. Par ailleurs, les recherches de Shelby le samedi après-midi auprès des magasins de jeux et de jouets n'avaient rien apporté de concret, comme il s'apprêtait à en informer Dino Costa et Ashley Wolfe.

— Alors, quoi de neuf ? demanda Shelby à Ashley lors de son irruption dans les locaux de la criminelle quelques minutes plus tard.

La jeune femme résuma les informations obtenues dans le cadre de leur visite au White Plains Chess Club. La rencontre avec Rita Jennings, la nouvelle confirmation que le pion noir retrouvé sur le corps de Singh était très commun, et la mince piste de sa symbolique. Soit une histoire de sacrifice, mais Ashley y croyait peu ; soit une sorte d'invitation du meurtrier à engager une partie avec les forces de l'ordre.

Le capitaine Elias Abraham, arrivé entre-temps une cigarette à la main, écouta avec attention le compte-rendu circonstancié de sa subalterne, tout en essayant de réprimer une toux sonore.

— Donc, nous n'avons rien de tangible ? observa-t-il.

— Pas vraiment, chef. Mais l'animatrice du club, Rita, se tient à notre disposition pour nous éclairer de son expertise des échecs. Elle se ferait une joie de collaborer à l'enquête.

La réponse provenait de Costa, pénétrant dans la grande salle des inspecteurs et complétant l'équipe. Ashley lui adressa un discret et taquin clin d'œil quand il mentionna le prénom de la flamboyante vice-championne, qu'il fit mine de ne pas apercevoir.

— Et vous, Shelby ? Des pistes ? s'enquit Abraham après avoir salué Costa et acquiescé à ses précisions.

— Eh bien… malheureusement, je n'ai rien appris de probant, grimaça avec regret William Shelby. J'ai visité les cinq magasins de la ville : trois indépendants, un spécialiste des jeux de plateau sur Wayne Avenue et une boutique du centre commercial de Tarrytown Road. Les vendeurs et les gérants ont été charmants et se sont montrés coopératifs, mais aucun ne se souvenait d'un client qui aurait attiré l'attention en particulier.

— Bordel ! jura l'inspecteur Costa.

— Ils ont tous vendu beaucoup de jeux d'échecs pour les fêtes de fin d'année. Apparemment, c'est un cadeau très fréquent même si certains vendeurs pensent qu'au moins la moitié de ces échiquiers finissent en objets et décoration quelques semaines seulement après Noël. Et pour nous compliquer la tâche, j'ai appris qu'il était également possible d'acheter des pièces d'échecs sans échiquier, et même à l'unité. Mais dans ce cas, on peut supprimer la boutique de Wayne Avenue.

— Pourquoi ?

— J'ai demandé au responsable de me montrer les pions noirs qu'il vendait, et ils ne correspondent pas au nôtre. Ce sont des pièces bien plus travaillées et luxueuses.

— Nous pouvons donc conclure, résuma amèrement Elias Abraham, que notre tueur non identifié, fondu dans une foule d'autres clients parfaitement anonymes, a acheté un jeu d'échecs commun, de milieu de gamme, comme il s'en est vendu des tas au cours des dernières semaines…

— Nous voilà bien avancés ! ajouta Costa en tapant du poing sur son bureau, cristallisant par son geste le palpable désarroi des enquêteurs.

La journée se déroula dans une ambiance morose au sein de la brigade criminelle du White Plains Police Department ; un mélange frustrant de consternation, d'impuissance, d'insatisfaction et d'ennui.

Costa trépignait de rage et d'impatience devant le *statu quo* du dossier. Les pistes, déjà peu nombreuses au départ, stagnaient ou se refermaient l'une après l'autre. Le tableau d'enquête commençait à prendre la poussière, sans ajout récent punaisé sur sa surface en liège. L'inspecteur finit par se changer les idées en se forçant à taper à la machine à écrire des rapports en retard, à propos d'affaires mineures datant du mois de décembre.

Ashley, quant à elle, repassait en boucle, sous son crâne, les faits et investigations de la semaine précédente. Son intime conviction lui faisait sentir qu'ils avaient bien plus d'éléments en mains qu'ils ne le supposaient. Qu'ils possédaient déjà la clé de l'affaire. Mais elle n'arrivait pas à mettre le doigt dessus.

Shelby, enfin, se sentait particulièrement impuissant. Il n'arrivait pas à s'expliquer comment une enquête en apparence aussi banale refusait de lui délivrer ses secrets. Il avait déjà traité des cas similaires à Plymouth et à Cape Cod – des règlements de compte, des vengeances, ou tout autre motif qui pouvait, aux yeux de certains, justifier un assassinat – mais ici, un minuscule élément s'ajoutait au dossier et le rendait incroyablement hermétique aux talents d'enquêteur de Shelby : un simple pion noir de jeu d'échecs.

18

« Et si ce crime restait impuni ? »

C'était la crainte d'Ashley et de ses coéquipiers chaque nouveau jour de la semaine. Le mardi, le mercredi, et les jours suivants, les enquêteurs espéraient un rebondissement ou un nouvel élément en arrivant au troisième étage. Mais leurs prières restaient sans réponses. Aucun appel téléphonique, pas le moindre témoin.

Le mercredi midi, à défaut de nouvelle piste, l'inspecteur Costa se rendit dans un rade miteux situé à deux rues de Gedney Park. L'endroit malfamé était connu de la police pour héberger, dans son arrière-cuisine, tous types de trafics ; y compris d'armes à feu. La probabilité était infime, mais le tueur s'y était peut-être rendu pour se procurer un petit calibre – l'arme probable d'après Sidney Edmonds – équipé d'un silencieux.

Mais quand Costa revint à la brigade en début d'après-midi, son regard noir et son visible énervement rendirent inutile toute question de la part de Wolfe ou de Shelby.

Ce dernier lisait et relisait à longueur de journée le rapport d'autopsie du légiste, espérant y trouver quelque chose qui leur avait échappé à la première, à la cinquième ou à la dixième lecture. Il commençait à en connaître certaines phrases par cœur, mais se forçait malgré tout à ne pas les survoler à la va-vite, de peur de rater l'élément décisif.

Ashley commençait à perdre espoir et son anniversaire imminent – elle allait avoir vingt-trois ans ce vendredi 25 janvier – passait désormais au second plan.

Avant de se rendre à New York le samedi matin, en train, pour le fêter avec ses parents, elle avait prévu une petite soirée détendue le vendredi dans son studio de Mamaroneck Avenue, avec sa nouvelle famille de la police. Ashley avait convié ses amis Shannon Springfield et Lance Leroy ; mais aussi Dino Costa et Lincoln Westwood.

Puis, comme l'avait suggéré son ex-collègue désormais retraité, la jeune femme avait également invité la nouvelle recrue du WPPD, William Shelby Jr. Ce serait, pour tous, l'occasion de faire plus ample connaissance avec le transfuge du Massachusetts, dans un cadre moins formel que celui de la brigade.

Toutefois, en y réfléchissant bien, le studio de l'enquêtrice s'annonçait trop petit pour recevoir tout ce beau monde. Aussi, Lincoln proposa à Ashley d'organiser sa soirée d'anniversaire chez lui. Le logis du policier n'était pas un château, mais l'espace serait bien suffisant pour accueillir les invités et passer un agréable moment en l'honneur d'Ashley.

Lance Leroy, fidèle à sa réputation, avait insisté pour amener quelques disques et cassettes et pour s'occuper de la musique pendant la soirée.

Quand Ashley gara sa Gremlin devant la maison de Lincoln Westwood le vendredi soir, peu avant 19h00, l'enquête avait enfin quitté ses pensées. Elle avait décidé de l'oublier au moins pour quelques heures, et si possible pour l'intégralité du week-end.

De plus, puisqu'ils étaient dans une impasse en ce qui concernait leurs recherches, Elias Abraham avait libéré tout le monde à 16h00. Ashley avait également invité son capitaine à la soirée, par politesse, mais il avait décliné. Vendredi soir marquait pour lui le début du shabbat aux côtés de sa femme, Rachel, et de sa famille.

Des Tupperware dans les bras, Ashley appuya du bout d'un doigt sur la sonnette. L'instant d'après, Lincoln vint ouvrir la porte, l'aida à se débarrasser de son chargement et de son manteau d'hiver, puis ils échangèrent une accolade.

— Joyeux anniversaire, Ashley !

— Merci Lincoln, et merci encore de nous recevoir chez toi.

— Je t'en prie, ça me fait plaisir.

Westwood désigna le salon de la main droite, la gauche machinalement posée sur le foulard qui dissimulait la cicatrice en travers de sa gorge.

— Lance est arrivé il y a quelques minutes, il est déjà aux platines.

Ashley alla saluer Lance, qui venait de placer le 45 tours *Long Train Running* de The Doobie Brothers sur la platine vinyle de Lincoln.

Shannon arriva quelques minutes plus tard, un paquet cadeau dans les bras, bientôt suivie par les inspecteurs Shelby et Costa. Le premier apporta une bouteille de champagne et le second un appétissant gâteau d'anniversaire préparé par sa mère.

La soirée d'anniversaire d'Ashley fut une réussite. Tout le monde mangea, but, discuta et dansa ; dans une ambiance festive ponctuée par la sélection musicale diffusée par Lance.

Le courant passa très bien entre Lincoln Westwood et William Shelby, ce qui rassura Ashley, et les deux hommes échangèrent longuement sur leurs passés professionnels respectifs. Dino Costa, complètement transformé en comparaison des derniers jours, affichait une bonne humeur particulièrement communicative et blaguait à n'en plus finir avec Lance.

Personne n'aborda l'enquête. Elle leur était tout simplement sortie de la tête et ils étaient tous occupés à passer une bonne soirée entre amis et collègues. Ils en avaient largement gagné le droit.

Ce qu'ils ignoraient, en quittant le domicile de Lincoln aux alentours de minuit, quelques minutes après les dernières notes de *La Grange* de ZZ Top, c'était que, moins de trois jours plus tard, un nouveau meurtre serait à mettre au crédit de leur mystérieux tueur.

Ainsi qu'une nouvelle pièce d'échecs laissée en évidence près du cadavre de la victime.

19

Né en 1922, âgé de cinquante-et-un ans, le Docteur Irvine Phelps possédait un cabinet de consultation sur Cambridge Avenue, à quelques rues de l'hôpital de White Plains où il lui arrivait également de recevoir des patients.

Divorcé – deux fois – et collectionneur d'aventures et de maîtresses, l'homme était également flambeur régulier dans les casinos d'Atlantic City, dans le New Jersey. Irvine Phelps ne faisait pas l'unanimité auprès de ses confrères de l'hôpital. Certains lui reprochaient son mode de vie. Pas directement pour ses frasques privées – ils avaient eux aussi quelques sales habitudes qui s'éloignaient drastiquement d'une certaine idée de la morale – mais pour leurs débordements sur le domaine professionnel.

Il arrivait en effet au Docteur Irvine Phelps de se présenter en retard le lundi matin lors de sa matinée de consultations à l'hôpital. Des retards de plus en plus fréquents. Or, plus encore que pour d'autres spécialités médicales, la profession du Docteur Phelps requerrait le plus grand des sérieux et le plus grand respect de ses patients : Irvine Phelps était cancérologue. Tout aussi fâcheux, Phelps avait tendance depuis quelque temps à bâcler ses consultations hospitalières afin d'en réaliser le plus possible.

Le démon du jeu avait augmenté son emprise sur le médecin et il fallait toujours plus d'argent à Phelps pour combler ses week-ends occupés entre roulette, baccara, blackjack et parties de poker… avant de perdre ses éventuels gains dans les machines à sous. Ou au bras d'une call-girl ou d'une femme trompant son mari, attirée par l'argent, le luxe et ce mode de vie.

Ce lundi 28 janvier 1974 n'échappa pas à la règle. Irvine Phelps se présenta à 9h40 à l'hôpital, le visage mangé par une barbe de deux jours et avec une heure et dix minutes de retard sur l'horaire prévu.

Les premiers patients, naturellement anxieux dans l'attente de leur entrevue avec le cancérologue, commençaient à s'impatienter. Mais Phelps se contenta de leur adresser un sourire mielleux et faux – supposé excuser son retard – en traversant la salle d'attente d'un pas rapide. Il finit d'enfiler sa blouse blanche de manière brouillonne en intimant au premier patient de le suivre vers la salle de consultation.

Puis l'oncologue enchaîna les rendez-vous en quatrième vitesse. Vers 11h00, il avait déjà rattrapé son retard et l'horloge de la salle d'attente affichait 12h25 quand il congédia son dernier patient de la matinée.

Le Docteur Irvine Phelps s'accorda ensuite une pause déjeuner dans un restaurant indien situé à proximité de l'hôpital, avant de rejoindre son cabinet de consultation en ville. Là, pour préserver un semblant de réputation, il s'efforçait de respecter les rendez-vous fixés et de ne pas expédier les patients trop rapidement. Même si ce dernier point laissait à désirer depuis quelques mois.

Alice Wilcox – la jolie secrétaire d'Irvine Phelps toujours pomponnée et tirée à quatre épingles, dans un style évoluant quelque part entre la secrétaire des années trente et la pin-up des années cinquante – était à son poste quand le cancérologue arriva, sacoche à la main, dans son cabinet de Cambridge Avenue vers 13h50. Phelps l'avait recrutée au moins autant pour son physique avantageux que pour ses compétences professionnelles, même s'il n'y avait jamais rien eu entre eux depuis l'embauche de la jeune femme.

Alice tendit le planning des rendez-vous à Phelps – le premier était programmé à 14h15 – et il le glissa dans sa sacoche. Remerciant sa secrétaire, il pénétra dans son bureau, s'installa dans son fauteuil et sortit une revue médicale d'un tiroir afin d'occuper ces quelques minutes d'attente.

Puis il entendit des protestations. La voix d'Alice Wilcox.

— Non, monsieur ! Vous ne pouvez pas... Le Docteur Phelps attend un patient. Revenez, je peux vous donner un rendez-vous pour demain s'il s'agit d'une urgence.

Irvine Phelps avait refermé le magazine et allait se lever de son siège quand la porte s'ouvrit avec fracas. Le fauteur de trouble fit aussitôt irruption dans le bureau et le médecin, surpris, retomba lourdement dans son fauteuil.

Le visiteur était de corpulence moyenne, vêtu d'un imperméable commun, couleur mastic, d'un chapeau assorti et portait des gants en cuir. Des cheveux bruns dépassaient du couvre-chef tandis que l'essentiel de son visage était dissimulé par une épaisse barbe brune et par des lunettes aux verres fumés.

Une caricature de mauvais détective privé, qui aurait bien fait rire Irvine Phelps si l'intrus n'avait pas dégainé un pistolet équipé d'un silencieux en avançant de deux pas vers lui.

— Mais qui êtes-vous ? cria Phelps, partagé entre peur et colère.

Jusqu'à présent muet, l'individu prit la parole, d'une voix profonde.

— Vous devez payer, Docteur. La partie continue et c'est à votre tour.

Irvine Phelps tiqua un bref instant. Cette voix…

— Mais qu'est-ce que vous racontez ? Qui êtes-vous, bon sang ?

Pour toute réponse, l'inconnu effectua un pas supplémentaire, tendit le bras, visa et pressa la détente. La détonation étouffée sembla presque ridicule en comparaison de l'acte qui venait de se produire. Le visage du Docteur Irvine Phelps se figea dans un dernier souffle et ses épaules s'affaissèrent contre le dossier du fauteuil.

Sans perdre une seconde, la main gantée fouilla une poche de l'imperméable et en retira une pièce de jeu d'échecs. Une tour noire rapidement déposée au milieu du bureau de feu Irvine Phelps, sur la revue médicale refermée.

Le tueur entendit le bruit des talons de la secrétaire – l'irruption dans le cabinet n'avait duré qu'une douzaine de secondes et la pimpante Alice Wilcox, passé un temps de surprise, avait repris ses esprits – mais il prit tout de même le temps de chuchoter quelques mots à peine audibles face à sa nouvelle victime.

— Sur l'échiquier de la vie, la mort rôde à chaque instant. La tour noire était fièrement dressée en D6. Mais la renverser avec le cavalier blanc posté en E4 fut un jeu d'enfant. Une autre vie s'arrête, mais la partie n'est pas encore finie.

Puis le visiteur se retourna, bouscula Alice Wilcox d'un léger coup d'épaule – il ne prêta pas attention au hurlement strident de la secrétaire quand elle aperçut le Docteur Irvine Phelps, abattu d'une balle dans le front – et il disparut parmi les badauds de Cambridge Avenue.

20

Comme prévu, Ashley avait passé le week-end à New York, chez ses parents. Son anniversaire – le premier depuis qu'elle avait intégré le White Plains Police Department, mais aussi depuis qu'elle avait quitté le cocon familial – avait été dignement célébré avec Victor et Martha Wolfe, par un délicieux repas dans un restaurant français de West Village récemment ouvert.

Puis la jeune femme avait regagné White Plains en train le dimanche en fin d'après-midi. Comme elle, beaucoup de voyageurs avaient privilégié le chemin de fer à la voiture afin d'économiser l'essence et en raison du rationnement en carburant mis en place par les autorités. Le hall de Grand Central Terminal n'avait jamais été aussi noir de monde quand Victor Wolfe y avait accompagné sa fille peu après 17h00.

De retour dans son studio, Ashley avait regardé la télévision en grignotant un sandwich à la dinde puis lu toute la soirée avant de se coucher, s'efforçant de ne pas penser à l'affaire jusqu'au lendemain matin. La jeune femme n'avait pas envie de polluer les dernières heures de ce beau week-end avec les émotions négatives qui émanaient du meurtre du gérant du drugstore et de la traque de son assassin.

La journée du lundi, froide et lumineuse, avait débuté calmement à la brigade criminelle et, jusqu'en début d'après-midi, les enquêteurs eurent l'impression de revivre une journée identique à celles de la semaine précédente : une succession d'espoirs, puis d'attentes, et enfin de déceptions.

Puis le téléphone sonna à 14h25 sur le bureau de Dino Costa, le faisant sursauter en pleine digestion. L'inspecteur décrocha.

— Costa, j'écoute.

— Inspecteur, c'est le sergent Osborne.

Le sergent John Osborne remplaçait son homologue Andrew Collins, qui bénéficiait d'une semaine de vacances après avoir tenu le poste de dispatch, de liaison radio et de transfert des appels aux brigades pendant les fêtes de fin d'année.

Costa préférait Collins à Osborne, car ce dernier avait la fâcheuse manie d'énoncer les informations dans le désordre, de s'attarder sur des détails insignifiants puis, comme si de rien n'était, de lâcher les révélations les plus importantes comme s'il s'agissait de faits négligeables. L'inspecteur l'avait déjà signalé à Osborne, mais sans changement. Costa se demandait parfois pourquoi cet homme avait été nommé sergent.

— Oui Osborne ?

— Je viens d'avoir un appel pour la criminelle. Un meurtre par arme à feu sur Cambridge Avenue, la victime est un médecin. Vous prenez avec Wolfe et Shelby, ou je confie à Roberts et Jones ?

— On prend, sergent. Notre affaire est au point mort, ça nous occupera. Un résumé ?

— Les faits viennent de se produire. C'est la secrétaire du toubib qui a appelé, elle était hystérique au téléphone. Il a fallu que je lui dise de se calmer pour y comprendre quelque chose. Elle s'appelle Alice Wilcox et la victime s'appelle Irvine Phelps. C'est, enfin c'était, un cancérologue.

— Elle a précisé autre chose, questionna Dino pour tirer les vers du nez d'Osborne ? Identité ou description du tueur ?

— Quand elle s'est calmée, elle m'a enfin raconté ce qui s'était passé. Un homme qu'elle n'avait jamais vu a surgi dans le cabinet du médecin, a pénétré dans son bureau malgré les protestations de Wilcox et il a tué Phelps avant de s'enfuir.

— Bien, nous y allons tout de suite. Cambridge Avenue ? C'est bien ça ?

— Oui, inspecteur. Ah oui, j'allais oublier, la secrétaire a mentionné d'autres détails.

— Des détails ?

Flairant la bombe qu'allait enfin balancer le sergent Osborne, Dino Costa sentit les poils de sa nuque se hérisser. Le sixième sens de l'inspecteur.

— D'après elle, le coup de feu n'a presque pas fait de bruit. C'est seulement quand elle a vu la plaie par balle au milieu du front de la victime qu'elle a réalisé que Phelps avait été assassiné. Mais le tueur était déjà parti, il a certainement utilisé un silencieux.

Un tir en plein front. Un silencieux. Cette fois, Costa sentit un frisson glacer sa colonne vertébrale. Il claqua des doigts pour attirer l'attention d'Ashley et de Shelby, qui levèrent aussitôt les yeux des dossiers qu'ils étaient en train de parcourir.

— C'est tout ?

— Non, et c'est peut-être le plus important. En y réfléchissant, j'aurais peut-être dû commencer par ça. La secrétaire a trouvé une pièce d'échecs posée en évidence sur le bureau de Phelps.

— Bon sang, Osborne !

Costa raccrocha sans cérémonie et se dressa tel un diable à ressort.

— On fonce ! Notre tueur a repris du service, je vous explique en allant au garage.

Les trois détectives attrapèrent leurs vestes, écharpes et bonnets au porte-manteau, ainsi que leurs radios, et descendirent les escaliers en trombe. Quelques instants plus tard, les hurlements de la sirène et les flashs du gyrophare de la Ford Maverick marron annonçaient aux automobilistes de céder le passage au véhicule du WPPD entre South Lexington Avenue et Cambridge Avenue.

Il n'y avait certes plus d'urgence vitale pour sauver Irvine Phelps. Mais l'appel téléphonique d'Alice Wilcox avait non seulement fait rebondir l'enquête en cours ; il avait également ravivé le pire des cauchemars dans l'esprit de Dino Costa et d'Ashley Wolfe, et dans une moindre mesure chez William Shelby.

Un cauchemar qu'ils ne pensaient pas connaître à nouveau, et surtout pas aussi tôt après l'arrestation de l'éventreur de White Plains. Ils avaient de nouveau affaire à un tueur en série sévissant dans les rues de leur ville.

Un tueur au jeu d'échecs.

21

— J'espère qu'il s'agit juste d'une mise en scène et que nous n'avons pas affaire à un vrai joueur d'échecs qui aurait disjoncté ! conclut Dino Costa dans la voiture après avoir relaté – dans l'ordre – les informations communiquées par le sergent John Osborne. Ces mecs ont toujours trois coups d'avance !

Ashley et William acquiescèrent en silence et redoutaient eux aussi le pire. Les tueurs en série étaient souvent froids, calculateurs, ne commettaient que peu d'erreurs ; et le temps de les identifier et de percer les obscurs secrets de leurs motivations s'écoulait parfois en semaines, mais aussi en nombre grandissant de victimes.

Shelby profita du court trajet pour demander par radio le renfort de quelques officiers afin de sécuriser l'extérieur du cabinet de l'oncologue et de fouiller les environs en quête d'éventuels indices. Ashley, de son côté, contacta Osborne afin qu'il demande l'enlèvement du corps et son transport à l'institut médico-légal pour l'heure suivante. Les malheureux patients d'Irvine Phelps seraient obligés de prendre leurs prochains rendez-vous avec un autre cancérologue.

Alice Wilcox était toujours en état de choc quand le trio arriva sur les lieux du crime. Son maquillage avait coulé sur ses joues et quelques mèches blondes avaient glissé de sa coiffure sophistiquée tenant encore en place par miracle, ou à grand renfort d'épingles à cheveux. La secrétaire avait fermé la porte du bureau d'Irvine Phelps juste après le départ du tueur – sitôt après avoir aperçu la tour noire posée sur la revue médicale – et était restée prostrée, assise sur une chaise de la salle d'attente, depuis son appel à la police.

William Shelby vint s'asseoir à ses côtés et lui parla doucement, autant pour l'apaiser que pour la mettre en confiance. Il avait l'habitude d'agir ainsi, et cette méthode l'avait souvent aidé à Plymouth pour obtenir des informations en apparence anodines, mais souvent importantes, de la part de témoins pourtant en pleine confusion.

— Bonjour Madame Wilcox. Je suis l'inspecteur William Shelby, de la brigade criminelle. Mes collègues et moi sommes ici pour vous aider. Pouvez-vous me raconter calmement, à votre rythme, ce que vous avez vu ?

Ashley nota le grand tact de Shelby, ainsi que le choix de ses mots, tandis qu'Alice débutait son récit ponctué de sanglots incontrôlés. Même le regard bleu acier de l'inspecteur semblait adouci et invitait à la confidence.

Puis la jeune enquêtrice se tourna avec Costa vers la porte du bureau où se trouvait toujours le corps de la deuxième victime du tueur en série. Ils savaient tous deux ce qu'ils allaient y trouver, mais l'expérience – la vue d'un cadavre résultant d'une mort violente par arme à feu au niveau du visage – restait éprouvante, pour ne pas dire traumatisante.

Plus que toute autre forme d'exécution, la mort par balle en pleine tête était extrêmement rapide. Toutes les fonctions du cerveau cessaient instantanément et les paupières n'avaient pas le temps de se fermer par réflexe, comme c'était parfois le cas dans d'autres circonstances de décès. Les yeux ouverts de ces victimes, comme ceux de Vajramani Singh tournés vers le ciel, étaient horribles à observer tant ils témoignaient de la plus intense et de la plus primitive des peurs ressentie juste avant la mort.

C'est ce regard, désormais celui d'Irvine Phelps pour l'éternité, qui transperça Ashley jusqu'au plus profond de son âme lorsque Costa ouvrit la porte. L'oncologue était affaissé dans son fauteuil, la tête légèrement penchée sur l'épaule gauche, la bouche entrouverte. Du sang – dont la puissante et écœurante odeur cuivrée emplissait déjà la pièce – s'était écoulé de la sombre et petite plaie circulaire située au milieu du front et avait coulé depuis le long du nez jusqu'au menton, avant de s'étaler sur la luxueuse chemise du médecin.

L'attention d'Ashley dévia ensuite vers la pièce de jeu d'échecs qui, même s'il ne s'agissait pas d'un roi, mais d'une tour noire, trônait au centre du bureau. Cependant, la tour ne trônait pas réellement, elle était couchée sur le flanc. Ashley s'en approcha, s'équipa de ses gants et rangea l'objet avec précaution dans un sac en plastique. Au premier abord, la tour était semblable dans sa fabrication au pion retrouvé sur la dépouille du commerçant de Jared Drive. Même essence de bois en apparence, même feutrine verte collée sous sa base. Lance Leroy confirmerait probablement dans les prochaines heures que la tour provenait du même jeu d'échecs macabre que le pion noir.

Les deux coéquipiers examinèrent rapidement la pièce où régnait le silence angoissant de la mort et une légère odeur de poudre, en plus de celle du sang, même s'ils étaient certains de ne rien y trouver. D'après les informations recueillies par Osborne lors de l'appel de la secrétaire, l'intrus n'était pas resté plus d'une minute dans le bureau du cancérologue. Il y avait donc très peu de chances de mettre la main sur un indice laissé sur place, hormis la tour noire.

Puis Ashley et Costa retournèrent auprès de Shelby et d'Alice Wilcox. Ils trouvèrent la jeune secrétaire assise à son bureau, légèrement apaisée –

son visage avait repris des couleurs – et tenant un verre d'eau à la main comme s'il s'agissait d'un précieux breuvage. William Shelby Jr. était installé en face d'elle, en train de prendre des notes dans son carnet.

— Bien, Madame Wilcox. Je vous remercie pour ces quelques précisions. Elles nous aideront grandement.

Alice Wilcox opina du chef tout en avalant une gorgée d'eau.

— Nous allons vous laisser, Madame Wilcox. Vous pouvez rentrer chez vous. Souhaitez-vous que quelqu'un vous raccompagne ?

— Non, merci inspecteur. Je vais prendre le bus et marcher un peu.

— D'accord. Voici ma carte, n'hésitez pas à me contacter si vous pensez à quelque chose d'autre ou si vous avez besoin de parler.

Shelby referma son carnet après avoir tendu une carte du WPPD à la secrétaire désormais sans emploi, se leva et adressa un discret mouvement de tête vers la sortie à destination de Costa à Ashley.

— Tu as obtenu quelque chose ? demanda Ashley à Shelby une fois à l'extérieur, ses mots matérialisés par un petit nuage blanc s'échappant de ses lèvres en raison du froid.

Devant le cabinet de l'oncologue Irvine Phelps, les officiers avaient eu le temps de dérouler quelques mètres de rubalise pour éloigner les passants.

— Une description plutôt vague du tueur, c'est à peu près tout. Elle a vécu une expérience traumatisante. L'homme lui a paru être de taille normale, ce sont exactement les mots d'Alice Wilcox, mais elle n'a pas su me dire si c'était environ 1,70m ou plus. Il portait un imperméable clair et un chapeau dans les mêmes tons et des lunettes teintées empêchant de distinguer la couleur de ses yeux. Et aussi des gants. C'est donc foutu pour un relevé d'empreintes sur la tour.

— Il fallait s'en douter, nota Costa. Le contraire m'aurait étonné.

— L'homme était brun et portait également une barbe assez fournie. Bref, une description qui ne nous aidera pas beaucoup, même si j'ai assuré le contraire à Alice pour lui apporter un peu de réconfort. Par contre, elle s'est braquée quand j'ai voulu aborder un quelconque rapport entre le métier de Phelps et son assassinat. Elle a refusé de répondre en se cachant derrière le secret médical quand je lui ai demandé si le docteur avait déjà eu des problèmes avec un patient.

— On ne dit pas de mal des morts ? avança Costa, un sourire aux lèvres.

— Oui, en quelque sorte. Ça doit être ça. Mais j'ai appris autre chose.

La dernière phrase de Shelby attisa la curiosité d'Ashley et de Costa.

— Quoi donc ?

— Phelps n'exerçait pas seulement dans son cabinet. Il consultait également à l'hôpital, à quelques rues d'ici, chaque lundi matin.

— Ce qui veut dire…

— Qu'il revenait de l'hôpital quand il a été assassiné.

Les enquêteurs hélèrent un des officiers. Ils lui confièrent le sac contenant la tour noire à déposer sans plus attendre à Lance Leroy à l'institut médico-légal puis, laissant leur véhicule sur place, ils se dirigèrent à pied vers l'hôpital de White Plains situé à quelques rues en frottant leurs mains pour les réchauffer.

22

— Monsieur Russel va bientôt vous recevoir. Il règle un problème urgent.

— Quel problème peut-être plus urgent que l'assassinat d'un de ses toubibs ? maugréa pour lui-même Dino Costa en faisant les cent pas dans le couloir situé entre le bureau du directeur de l'hôpital et celui de sa secrétaire.

L'inspecteur jeta un œil à son poignet. Sa montre indiquait presque 16h30 et, depuis près d'une heure, lorsqu'ils s'étaient adressés à la secrétaire du directeur et lui avaient expliqué les faits, cette dernière était venue trois fois leur annoncer que Malcolm Russel allait les recevoir sous peu. Ashley, plus calme, attendait patiemment, assise sur une chaise peu confortable. Shelby, quant à lui, relisait ses notes, assis sur une chaise jumelle.

La porte du bureau s'ouvrit enfin et un homme d'une soixantaine d'années, grand, cheveux gris assortis à son costume, vint les saluer. Sa mine était sombre, de circonstance. Costa prit la parole sans plus attendre.

— Nous sommes désolés, Monsieur Russel. Il doit s'agir d'une grande perte pour votre établissement.

— Merci à vous, inspecteur, répondit le directeur d'une voix grave. Veuillez m'excuser pour cette attente, j'étais au téléphone avec notre assureur pour l'avertir de cette tragique nouvelle.

— Votre assureur ? Déjà ? questionna Ashley, surprise que Russel ne s'étale pas en éloges sur le défunt malgré la perche tendue par Costa.

— Euh... oui. Disons que nous avions quelques dossiers ouverts impliquant le Docteur Irvine Phelps. Mais suivez-moi dans mon bureau, nous y serons plus à l'aise pour discuter.

Le bureau du directeur Malcolm Russel était cossu, diffusant une ambiance beaucoup moins froide et clinique que les couloirs de l'hôpital. Les enquêteurs prirent place dans deux fauteuils destinés aux visiteurs et sur une chaise tirée d'un angle de la pièce, que le directeur avait débarrassée d'une pile de dossiers.

— Nous vous présentons nos condoléances au nom de la police de White Plains, lança William Shelby pour engager la discussion. Pourriez-vous nous en dire plus sur le Docteur Phelps ? S'il était apprécié à l'hôpital ? S'il avait des problèmes, avec un collègue ou avec un patient ? Bref, tout ce qui pourrait nous aider dans notre enquête.

Habilement, Costa, Shelby et Wolfe avaient omis de préciser à la secrétaire de Russel qu'une pièce de jeu d'échecs avait été retrouvée près du corps de l'oncologue. Ils souhaitaient d'abord connaître davantage la victime, et identifier toute autre piste avant de se lancer sur celle d'un tueur en série.

— Irvine Phelps était apprécié, en effet. Mais je dois être honnête avec vous. Quand je dis « était », ce n'est pas parce qu'il est mort. Il était apprécié, avant. Il y a un certain temps. Mais il ne l'était plus vraiment depuis plusieurs mois.

— Un rapport avec l'assureur de l'hôpital et des dossiers que vous évoquiez dans le couloir ? demanda Ashley.

— Oui. Malheureusement, le Docteur Phelps traversait une mauvaise passe sur le plan personnel, et son comportement professionnel s'en ressentait.

— Des erreurs ?

— Oui et non.

— Expliquez-vous, Monsieur Russel.

— Il bâclait ses consultations du lundi matin, il négligeait et expédiait les patients. Et il y aurait eu quelques erreurs de diagnostic concernant des cancers du poumon. Des cas devenus graves car non détectés à temps, alors qu'ils auraient pu être traités bien plus tôt.

— Il nous faudra les dossiers de ces patients.

— Je dois d'abord demander à nos avocats, mais je pense qu'ils ne m'y autoriseront pas. Il n'y a pas eu de plainte de la part des patients concernés. Juste des arrangements financiers confidentiels avec notre assurance. Vous savez, le secret médical…

— Nous connaissons la chanson, coupa Costa en faisant la moue.

— Et avec les autres médecins ? s'enquit Shelby. Quelles étaient ses relations ?

— Cordiales, la plupart du temps. Mais dégradées ces derniers temps, comme je vous le disais. Nos autres praticiens redoutaient que le comportement de Phelps et ses problèmes privés finissent par ternir la réputation de l'hôpital. Moi aussi d'ailleurs. Et nous envisagions de nous séparer de lui prochainement. D'autant plus que, pour ce que j'en sais, il ne semblait pas négliger autant les patients de son cabinet privé.

— Rassurez-vous sur ce point, affirma Costa. C'était en bonne voie.

Le visage de Malcolm Russel exprimait diverses émotions, mais le soulagement était étrangement la plus visible. Le Docteur Irvine Phelps était une bombe à retardement, mais quelqu'un l'avait désamorcée avant qu'elle n'explose dans les mains du directeur.

— Bien, reprit Dino Costa après quelques secondes de silence qui marquèrent l'épuisement de la conversation. Merci de nous avoir accordé un peu de votre précieux temps. Nous reviendrons vers vous si besoin.

— À votre service, inspecteurs.

Ashley se sentit honorée d'être englobée dans ce grade qui n'était pas encore le sien et ne démentit pas le directeur de l'hôpital.

— Si vous pensez à quelque chose, ajouta Shelby, appelez-nous. Il joignit le geste à la parole en tendant une carte à Malcolm Russel.

23

Le trio d'enquêteurs n'avait pas encore rejoint la Ford Maverick garée à proximité du cabinet de consultation d'Irvine Phelps, que la radio de Costa se mit à grésiller. Il s'en empara.

— Inspecteur Costa ? Officier Castle.

L'officier Castle était l'un des hommes qui avaient installé la rubalise avant de parcourir le quartier en quête d'éventuels indices. Son nom de famille, tout comme sa silhouette longiligne et son physique fade évoquaient systématiquement à Costa l'Angleterre et le Moyen-Âge, à chaque fois qu'il côtoyait l'officier.

— Oui, officier ?

— Nous avons trouvé quelque chose dans une poubelle en bas de Cambridge Avenue.

— Qu'avez-vous trouvé ?

— Une fausse barbe et des lunettes.

— Bien reçu, officier. Nous arrivons, nous sommes à deux rues.

— Quelle surprise ! ironisa Ashley tandis que Shelby extirpait déjà deux sacs en plastique de la poche intérieure de sa veste.

En inspecteur expérimenté, le transfuge du Massachusetts en avait toujours trois ou quatre sur lui. Après avoir constaté la découverte de l'officier Castle et de ses collègues et consigné les deux objets dans les sachets, les détectives les expédièrent aux bons soins de Lance Leroy. Si Double L ne faillait pas à sa réputation, ils auraient des nouvelles de sa part en fin de journée, avant de quitter la brigade et de rentrer chez eux.

De retour au WPPD aux alentours de 17h20, lorsque la nuit tombait, William Shelby se chargea d'aller informer le capitaine Elias Abraham des dernières évolutions de l'enquête, devenue en l'espace d'un après-midi une nouvelle traque au tueur en série. Depuis son bureau, Ashley observait la scène et entendait la conversation – le bureau du chef de la brigade criminelle n'était pas fermé – et elle vit Abraham pâlir quand Shelby lui annonça le nom de la nouvelle victime, celui du Docteur Irvine Phelps.

C'était peut-être une idée, probablement son point de vue depuis son bureau, mais il sembla à Ashley que le capitaine était particulièrement bouleversé par cette annonce. Ou bien était-ce autre chose ? Après tout, pour Elias Abraham comme pour elle et ses coéquipiers, la présence d'un nouveau tueur en série dans les rues de White Plains replongeait toute l'équipe aux heures les plus sombres de l'année précédente. Ceci suffisait à justifier la réaction du capitaine.

Quand il eut fini son récit, Shelby revint à l'îlot formé par son bureau, celui de Costa et celui d'Ashley. Abraham ferma sa porte, ce qui était rare et signifiait qu'il ne voulait pas être dérangé.

— Des consignes ? demanda Ashley.

— Le chef souhaite juste que nous fassions notre travail et que nous ne négligions rien.

— Ouais, ça nous aide beaucoup… grogna Costa. Cette affaire commence à puer, et je sens que ce n'est que le début.

— Une chose à la fois, Costa. Et si nous faisions le point, à trois, au calme ? suggéra William Shelby Jr.

Ce qu'accomplirent les enquêteurs devant le tableau en liège tandis qu'Ashley prenait des notes pour le groupe. Ils répertorièrent ce qu'ils savaient et ce qu'ils ignoraient. D'un côté, la courte liste des indices, dont le pion noir et la tour noire ; et de l'autre, celle, plus longue, des zones d'ombres et des inconnues. Parmi lesquelles le mobile des meurtres, le lien entre les deux victimes, la symbolique réelle des pièces de jeu d'échecs, et l'apparence physique du tueur, toujours indéterminée en raison de l'absence de témoins sur la première scène de crime et de son grimage sur la deuxième.

Tous trois en étaient convaincus : il leur fallait travailler sur ces quatre points afin de faire progresser l'enquête. Et toute idée était bonne à prendre.

Leur intense réflexion fut interrompue plus d'une heure plus tard, un peu avant 19h00, par la sonnerie du téléphone situé sur le bureau d'Ashley. La jeune femme posa le cahier dans lequel elle avait résumé leur échange et décrocha le lourd combiné noir.

Sans surprise, Lance confirma à Ashley l'absence d'empreintes digitales sur la tour noire abandonnée sur le bureau d'Irvine Phelps. Le technicien d'analyse certifia également que la tour était en tout point identique dans sa fabrication au pion trouvé sur le corps de Vajramani Singh. Comme pressenti, elle provenait du même jeu d'échecs. Ou d'un lot semblable, mais, d'après Lance, c'était peu probable.

— Et la fausse barbe ? cria Costa par-dessus l'épaule d'Ashley ; suffisamment fort pour que Lance l'entende à l'autre bout de la ligne.

— Elle est en nylon. Je l'ai peignée minutieusement, mais je n'en ai rien obtenu. Pas la moindre particule : ni squames, ni miettes. Bref, rien de ce qu'on trouverait dans une vraie barbe, ou dans une fausse si elle avait été portée assez longtemps.

Votre gars a dû appliquer ce postiche sur son visage juste avant de commettre le crime.

— Chou blanc pour les lunettes, je suppose, demanda Ashley par acquit de conscience.

— En effet. Les lunettes n'ont été manipulées qu'avec des gants. Ce cinglé a pris toutes les précautions et a pensé à tout, car il est presque impossible de ne pas toucher sa monture machinalement, même en si peu de temps. Tous les porteurs de lunettes vous le diront.

— Une idée de la provenance ?

— Vu leur fabrication, les deux articles proviennent d'un magasin de farces et attrapes qui fait dans le déguisement pour fêtes. C'est du bas de gamme tout juste utile pour camoufler un visage. Et les lunettes ne sont pas des vraies solaires, les verres sont en plastique.

— Merci, Lance.

— À ton service, Ashley. Ah oui, j'allais oublier. Edmonds se chargera de l'autopsie demain matin. Il était occupé à Port Chester cet après-midi. Trois corps pas jolis jolis retrouvés criblés de balles suite à un violent règlement de compte entre gangsters.

— D'accord. De toute façon, je pense que le rapport d'autopsie ressemblera fortement à celui de Singh. Tu pourras dire à Sidney qu'il n'y a pas urgence.

Après avoir remercié Lance une nouvelle fois, Ashley mit fin à l'appel téléphonique et rédigea à destination des journaux un communiqué de presse annonçant l'assassinat du Docteur Irvine Phelps, cancérologue sur Cambridge Avenue et à l'hôpital de White Plains.

Le lendemain, les rédactions des quotidiens locaux se chargeraient d'y ajouter de gros titres racoleurs et vendeurs et, faute d'identité, de trouver un surnom à celui qui était désormais un tueur en série.

24

Ashley rentra chez elle vers 20h50. Il faisait nuit depuis plusieurs heures et elle était fourbue. La journée avait été longue.

La jeune femme avait acheté un hot-dog et des marrons chauds en chemin, entre l'arrêt de bus et son studio, et en fit son dîner en accompagnant le tout d'une bière. Elle ne sortait pas du réfrigérateur, mais elle était suffisamment fraîche. Ashley avait eu de la chance d'avoir un bus à cette heure tardive de la journée, car la compagnie des transports en commun de la ville avait réduit leur nombre temporairement afin d'économiser la précieuse essence, devenue un produit de luxe presque du jour au lendemain.

Le téléphone mural sonna et Ashley, attablée dans la cuisine, n'eut qu'à tendre le bras pour décrocher. C'était Lincoln Westwood qui appelait pour prendre des nouvelles de la policière et de son enquête. Ashley lui raconta en détail le déroulement de la journée tout en jouant avec le fil torsadé. Comme elle, Westwood fut frappé d'apprendre qu'un nouveau tueur en série sévissait à White Plains. Et lui non plus ne comprenait pas le sens des pièces de jeu d'échecs laissées sur ou à proximité des corps.

L'inspecteur retraité et vétéran du Vietnam prit congé au bout d'une trentaine de minutes afin de laisser sa cadette s'accorder un peu de repos. D'expérience, il craignait qu'elle en ait grand besoin pour faire face à ce qui l'attendrait au cours des prochains jours.

Dans son lit, Ashley ressassait les éléments du dossier. Même s'il faisait froid dehors, et tout juste doux dans sa chambre à coucher, elle bouillait intérieurement. Dans l'obscurité et sous son épaisse couette, elle se tournait sur son flanc gauche, puis s'allongeait sur le dos, avant de basculer sur le côté droit et de finir à plat ventre, le visage enfoncé dans l'oreiller. Puis le cycle se répétait tandis que son esprit travaillait, incapable de lever le pied.

Le lien – les pièces de jeu d'échecs – était évident entre les deux meurtres, mais pas entre les deux victimes.

D'un côté, Vajramani Singh était un homme méritant et travailleur, apprécié des membres de la communauté et des habitants du quartier. L'enquête de police et l'enquête de voisinage n'avaient dévoilé aucune zone d'ombre dans son passé, aucun élément laissant supposer qu'on puisse lui en vouloir au point de le supprimer.

De l'autre côté, Irvine Phelps était, certes, un médecin cancérologue réputé – jusqu'à récemment en tout cas – mais était de plus en plus critiqué par ses pairs pour sa vie privée dissolue dans l'enfer du jeu et de la luxure, ainsi que pour l'influence néfaste de ce mode de vie sur son activité professionnelle.

Les deux victimes différaient totalement par leur âge, par leurs origines, par leurs fréquentations, par leur activité, par leur niveau de vie. Rien ne les reliait à part ces maudites pièces de jeu d'échecs. L'un était un célibataire discret et sans histoire, l'autre était un homme à femmes volage, qui collectionnait les problèmes comme s'il s'en délectait.

Chaque élément donnait l'impression que Singh et Phelps avaient été choisis au hasard ; issue à laquelle Ashley s'interdisait de penser. Car elle signifiait que personne n'était à l'abri de se retrouver assassiné, une balle en plein front, et un cavalier, un fou, une dame ou un roi à ses côtés. La jeune femme frissonna d'effroi en se remémorant qu'il y avait trente-deux pièces dans un jeu d'échecs. Seize noires et seize blanches. D'ailleurs, y avait-il une raison pour que les deux premières pièces trouvées, le pion et la tour, soient uniquement des noires ?

En abordant le problème du côté plus global de la victimologie – sans se focaliser sur ce qui différenciait et éloignait les victimes, mais en s'intéressant plutôt à leur nature et en tentant d'établir un profil basé sur un dénominateur commun, même infime – Ashley se trouvait également confrontée à un mur.

Dans l'affaire de l'éventreur de White Plains, il avait été évident, dès le deuxième double meurtre, que le tueur ciblait les prostituées et leurs clients. Et, même si Broockwell avait ensuite été contraint de changer de proies en élargissant son choix à d'autres personnes qu'il jugeait moralement et sexuellement impures, cette identification d'un profil type avait permis de protéger la population nocturne de Gedney Park et d'éviter un carnage parmi les rangs des prostituées.

Mais dans le cas présent, personne ne semblait être plus éloigné sur l'échiquier de la société – l'image fit amèrement sourire Ashley – que les deux victimes diamétralement opposées, Vajramani Singh et Irvine Phelps.

Avant de sombrer dans le sommeil, d'épuisement, Ashley eut à nouveau l'étrange impression de déjà détenir les clés de l'énigme. Mais ces clés étaient dissimulées quelque part autour d'elle.

25

Emmitouflée dans son blouson et bonnet vissé sur ses cheveux attachés, Ashley marchait à bonne allure sur Mamaroneck Avenue. Elle avait finalement trouvé le sommeil au milieu de la nuit et, en ce mardi matin, la jeune femme se sentait parfaitement revigorée. Après une bonne tasse de café bue dans sa cuisine, le froid mordant qui la saisissait entre son studio et l'arrêt de bus acheva de la réveiller.

En chemin, son attention fut attirée par les gros titres placardés devant un kiosque à journaux. Un consensuel « *Un médecin sans histoire assassiné dans son cabinet* », un réservé « *Mort d'un notable* » et, bien entendu, un accrocheur « *Le tueur au jeu d'échecs frappe une deuxième fois* ». Le surnom, d'une logique implacable, était lâché. Le grand public allait trembler.

Ashley ne s'attarda pas – comme chaque jour, les éditions du matin des quotidiens de White Plains l'attendaient déjà sur la table de la salle de pause de la brigade – et continua son trajet vers l'arrêt de bus, d'un pas assuré et énergique.

Matinal, le capitaine Abraham était déjà présent dans les locaux du White Plains Police Department, fidèle à son bureau et cigarette au coin de la bouche, quand Ashley arriva au troisième étage. Il paraissait soucieux, comme l'enquêtrice l'avait remarqué la veille après l'annonce de la mort de l'oncologue, mais Ashley n'osa pas lui faire part de cette impression. Peut-être avait-il un problème avec Rachel ou avec ses enfants ? Ou était-ce tout simplement le spectre d'une nouvelle affaire difficile qui l'angoissait ?

Ashley mit fin à son analyse en engageant la conversation.

— Bonjour capitaine.

— Bonjour Wolfe, répondit Elias Abraham en écrasant son mégot dans le cendrier, où figuraient déjà deux de ses frères. Vous avez vu la presse ?

— J'ai vu les titres en venant ici, mais je n'ai pas encore lu les articles.

— Ils sont restés très proches de votre communiqué, mais c'est déjà bien assez pour affoler la population. J'ai déjà reçu un appel de Conrad Hammersmith, le directeur du cabinet du maire, qui souhaitait savoir où nous en étions, et il m'a dit que le maire allait m'appeler en personne d'un instant à l'autre.

Abraham allait allumer une nouvelle cigarette quand le téléphone sonna. Il leva les yeux vers Ashley en soupirant, l'air résigné, puis décrocha. Endeavor McLaughlin, le maire de White Plains était à l'autre bout de la ligne. Ashley n'entendait pas distinctement les mots de l'homme politique, mais il semblait en colère et son discours continu laissait à peine le temps au capitaine de placer quelques « Oui, monsieur le maire » ou « Non, monsieur le maire » lorsque son correspondant reprenait son souffle.

— On dirait que ça va être notre fête ! souffla Dino Costa en surgissant dans le dos d'Ashley.

— Oui, McLaughlin a l'air d'être remonté, répondit la policière.

Le capitaine raccrocha au bout de quelques minutes en toussant. Il s'affaissa dans son fauteuil et prit le temps d'allumer sa quatrième cigarette de la matinée avant de prendre la parole. L'inspecteur William Shelby venait également d'apparaître dans l'embrasure de la porte du bureau d'Elias Abraham.

— McLaughlin est un emmerdeur ! finit par clamer le chef de la brigade criminelle. Il aurait préféré qu'on ne parle pas à la presse pour ne pas faire paniquer ses précieux électeurs.

— C'est un politicard, commenta Costa. Qu'il nous laisse faire notre travail. De toute façon, il sera le premier à s'attribuer les lauriers quand on arrêtera ce salopard.

— Si nous l'arrêtons, modéra le capitaine.

Dino Costa ne releva pas.

— Je veux que nous soyons irréprochables sur cette enquête, reprit Abraham. Pas d'arrestation arbitraire, pas de coups de sang face à un suspect, et surtout un travail de l'ombre efficace. Je peux compter sur vous trois ?

— Oui chef, répondirent de concert Shelby, Costa et Wolfe.

— Je veux que vous repreniez le dossier depuis le début. Maintenant que nous avons une deuxième victime, et que nous en savons un peu plus sur lui, comparez ces informations dans le moindre détail avec ce que nous connaissons sur Singh.

— Bien, capitaine, approuva Shelby. Je m'en charge.

— Costa, Wolfe, vu le profil d'Irvine Phelps, essayez de savoir s'il n'avait pas des dettes de jeu non honorées. S'il en avait, vérifiez à nouveau pour Singh. Nous sommes peut-être passés à côté.

Costa leva l'index pour poser une question.

— Mais dans ce cas, quel serait le rapport avec les échecs ?

— C'est peut-être un écran de fumée. Un truc tordu de bookmaker pour brouiller les pistes tout en réglant leur compte aux mauvais payeurs.

Les trois subordonnés hochèrent la tête.

— Enfin, quand vous aurez fini avec ça, rapprochez vous des stups pour savoir si Singh et Phelps étaient connus de leur service. Le premier vendait des médicaments dans son drugstore, le deuxième en prescrivait pour soigner le cancer. Ils étaient peut-être liés d'une manière ou d'une autre à un trafic. Bref, ne négligez aucune piste. McLaughlin veut des résultats et moi je veux la peau de ce tueur. À vous de jouer.

Les deux inspecteurs et l'officier détachée se retirèrent, regagnèrent leurs bureaux et se mirent immédiatement au travail.

26

William Shelby Jr., qui connaissait désormais le dossier Vajramani Singh par cœur, passa la matinée à le consulter en tentant, même si l'exercice était difficile, de lui accorder un regard neuf. Il essaya de déceler de nouveaux indices dans les témoignages des époux Davis, les anciens gérants du drugstore qui logeaient dans l'appartement situé au-dessus du magasin de quartier, et dans ceux, stériles, recueillis lors de l'enquête de voisinage.

Mais cette lecture entre les lignes, tout comme les autres éléments du dossier, ne lui apprit rien d'autre que ce qu'il connaissait déjà. La seule chance de révéler une information cachée quelque part parmi ces pages consignées dépendait maintenant de ce qu'apporterait le dossier lié, celui d'Irvine Phelps.

Dino Costa demanda l'assistance des inspecteurs Jones et Roberts dans la rédaction des mandats, qui permettraient d'obtenir les documents sensibles du cancérologue – en croisant les doigts pour ceux soumis au secret médical – et les carnets d'ordonnances du médecin. Même si la démarche flirtait avec les limites de la légalité et s'éloignait dangereusement des consignes d'irréprochabilité exigées par son capitaine, l'inspecteur décida de formuler de multiples demandes similaires auprès de plusieurs juges, dans l'espoir d'obtenir au moins un retour positif. Avec un peu de chance, chaque juge ignorerait la consultation simultanée de ses collègues et leur décision d'accorder, ou non, les autres mandats.

Ashley, quant à elle, se rendit à l'institut médico-légal en fin de matinée, sur invitation téléphonique du médecin légiste Sidney Edmonds, afin de prendre connaissance des résultats de l'autopsie du cancérologue. Les conclusions de l'examen ne réservant probablement aucune surprise, il était plus utile pour l'enquête qu'elle s'y rende seule et qu'elle laisse les deux inspecteurs continuer sur leur lancée.

L'endroit sentait l'éther, l'alcool médical et le désinfectant – désagréables fragrances mêlées à celle, écœurante et cuivrée, du sang humain – et l'enquêtrice savait que l'odeur resterait dans son nez et sur ses vêtements jusqu'au soir.

Le corps d'Irvine Phelps reposait sur l'une des deux tables en métal dressées au centre de l'antre du légiste. Mais, à la différence de celui de Singh lors de la précédente visite d'Ashley, celui de l'oncologue était entièrement couvert d'un linceul. Edmonds avait privilégié la rédaction de son rapport afin de renseigner la police le plus vite possible et, en conséquence, n'avait pas encore fini de rendre à la dépouille un aspect présentable.

Comme d'habitude, le talentueux légiste réalisait l'exploit de présenter une blouse blanche totalement immaculée après s'être débarrassé de sa surblouse en plastique bleu et s'être longuement lavé les mains.

— Bonjour Docteur, lança Ashley.

— Bonjour Ashley. C'est la première fois que je vous vois seule ici.

— Oui, Costa et Shelby sont restés à la brigade pour travailler sur d'autres aspects de l'affaire.

— C'est bien, Ashley. Vous prenez de l'assurance et du galon.

— Merci Docteur.

Edmonds adressa un sourire sincère à la jeune femme.

— Quant à moi, c'est la première fois que j'effectue l'autopsie d'un confrère. Même s'il s'occupait des vivants, et moi des morts.

Le légiste afro-américain resta silencieux pendant un bref instant de recueillement, qu'Ashley n'osa interrompre, puis son professionnalisme clinique mais humain reprit le dessus.

— Concernant la cause du décès, il n'y a aucune surprise : la mort a été provoquée par un tir d'arme à feu. La balle me semble identique à celle qui a tué Monsieur Singh, mais, si ça peut aider votre enquête, sachez que sa trajectoire présente une légère différence.

— Ah bon ?

— Oui. Pour Singh, l'axe de pénétration dans l'encéphale était parfaitement horizontal. La balle avait été tirée le bras à l'horizontale, et le tueur comme la victime étaient debout, face à face et de tailles similaires. À une dizaine de centimètres près.

— Et pour Irvine Phelps ?

— L'angle est légèrement descendant. J'ai retrouvé la balle quelques centimètres plus bas que pour Singh. Toujours dans le lobe pariétal, mais à proximité du lobe occipital. Le projectile a presque traversé le cerveau intégralement ; ce qui me fait dire que le tueur était encore plus proche de sa victime dans ce cas, certainement debout, de l'autre côté du bureau. Si je prends ces paramètres en considération et comme Phelps était assis, d'après sa secrétaire, je pense pouvoir affirmer que le tueur mesure environ 1,70m. Plus ou moins.

— Super ! Merci Docteur. Je ne m'attendais pas à ces révélations.

— Attention, ce n'est pas une science exacte, ce n'est qu'une estimation.

— Avec quelle marge d'erreur ?

— Cinq centimètres en plus ou en moins, pas davantage.

— En tout cas, ça confirme l'impression de la secrétaire de Phelps et, même si c'est encore très vague, nous pouvons presque éliminer les éventuels suspects de grande taille ou de petite taille. Merci beaucoup Docteur Edmonds.

— Je vous ai déjà dit de m'appeler Sidney, taquina le légiste.

— J'essaierai, ça viendra, promis. Je vais aller faire part de vos constatations à mes coéquipiers. C'est notre seul élément positif pour l'instant.

— J'en suis ravi. Mais, avant que vous ne partiez, j'ai encore deux informations à vous communiquer, même si elles figurent dans mon compte-rendu écrit.

— Lesquelles ?

— Phelps souffrait d'un ulcère gastrique et d'une hépatomégalie plutôt importante.

Ashley, bien que savante dans d'autres domaines, dont les langues, fut obligée de reconnaître ses limites en anatomie et en vocabulaire médical.

— Une hépato… ?

— Une hépatomégalie. Ou une augmentation de la taille du foie, si vous préférez. Ceci peut révéler diverses maladies graves, comme une hépatite, mais en tenant également compte de l'état de son œsophage et de son estomac, je pencherais plutôt pour un début de cirrhose. Si Irvine Phelps n'avait pas été assassiné, son foie l'aurait à coup sûr lâché d'ici deux à cinq ans.

Ashley salua Sidney Edmonds en le remerciant à nouveau, puis s'empressa de regagner la brigade criminelle. Non sans être d'abord passée dire bonjour, dans le bureau situé dans l'autre aile du bâtiment, à ses amis Shannon Springfield et Lance Leroy.

Le technicien – tout en secouant la tête au rythme de *Smoke on the Water* de Deep Purple diffusée par son lecteur de cassettes – fournit à Ashley une copie de son compte-rendu d'analyse de la fausse barbe, des lunettes et de la tour noire, qu'elle glissa dans la pochette contenant le rapport d'autopsie.

Élément après élément, pas à pas et malgré les difficultés, la traque du tueur au jeu d'échecs se poursuivait.

27

Le pari de l'inspecteur Dino Costa fut gagnant. Si certains juges refusèrent de signer les mandats présentés en se cachant derrière l'argument – certes légitime – du secret médical ; d'autres, plus progressistes et flexibles, accordèrent des perquisitions modérées et précises au cabinet de l'oncologue Irvine Phelps.

Un traitement si différent pour une même demande, par des personnes censées représenter une seule et même autorité – la justice – n'était pas une surprise pour Costa. Il avait même compté sur cette éventualité. Le scandale du Watergate était passé par là et, même si une courte majorité des juges, à tendance Républicaine, estimait que certaines choses devaient rester secrètes et confidentielles, un nombre grossissant d'autres juges de sensibilité Démocrate considérait, au contraire, qu'il fallait réduire la portée de certains textes empêchant parfois la vérité d'être connue de tous. Le débat idéologique ferait peut-être avancer la société, à défaut de la classe politique du pays, mais il avait déjà une incidence indirecte et plutôt favorable sur l'enquête.

Ainsi, les détectives récupérèrent, dès le mercredi matin, plusieurs cartons remplis des carnets d'ordonnances du cancérologue établis au cours des trente-six derniers mois – Costa était resté raisonnable sur le nombre d'années afin d'augmenter ses chances auprès des juges – concernant son cabinet de consultations, ainsi que les dossiers de ses patients. Sur ce point, l'inspecteur n'avait obtenu d'accord que pour ceux stockés au cabinet privé de Phelps. Les autres, ceux relatifs à ses consultations à l'hôpital, relevaient du secteur public et les juges s'étaient montrés plus frileux.

Pendant que, de leur côté, les journalistes du *White Plains Daily News*, du *White Plains Tribune* et du *White Plains Herald* rédigeaient de nouveaux articles concernant le tueur au jeu d'échecs pour les éditions du soir des quotidiens, Wolfe, Shelby et Costa passèrent la journée entière à éplucher les dossiers, à relever les noms des patients dans l'espoir d'y trouver un patronyme ayant un lien avec Vajramani Singh ou tout autre indice pouvant faire progresser l'enquête.

Le travail des enquêteurs avait pour but de révéler la vérité, tandis que celui des journalistes, sans élément nouveau à exploiter, s'en éloignait sensiblement pour se rapprocher de la fiction ou du fantasme.

Parmi les documents fournis aux fins limiers du WPPD, les doubles des ordonnances écrits au papier carbone s'avérèrent difficiles à déchiffrer. Cependant, d'après leur étude minutieuse, il s'avéra qu'Irvine Phelps n'abusait pas des médicaments dans ses prescriptions. Il ordonnait le strict nécessaire à ses patients – essentiellement des antidouleurs et des traitements qui les aidaient à supporter la chimiothérapie et ses nombreux effets secondaires sur l'organisme – et il fut impossible de déceler toute trace d'un éventuel trafic de médicaments.

Dans l'après-midi, Ashley descendit au premier étage du WPPD, celui de la brigade des stupéfiants, pour savoir si le gérant du drugstore ou le cancérologue figuraient dans leurs dossiers. Mais, à son grand regret, elle remonta bredouille après un entretien avec les inspecteurs Kaminski et Fitzgerald, et plusieurs vérifications d'affaires en cours ou plus anciennes.

Le mercredi soir, Ashley et Costa se rendirent en dehors de leurs heures officielles de travail à Gedney Park, ancien terrain de chasse d'Herman Broockwell en raison des nombreuses prostituées qui s'y trouvaient la nuit, mais aussi plaque tournante des trafics de drogue à White Plains. Le quartier présentait un aspect sensiblement différent de celui constaté en été – il paraissait presque endormi – et les prostituées arboraient des manteaux de fourrure tape-à-l'œil et des cuissardes criardes, autant pour se protéger du froid que pour attirer les clients.

Les deux coéquipiers questionnèrent quelques consommateurs d'herbe ou de cocaïne, et des petits dealers qui servaient occasionnellement d'indics aux stups pour des gros coups de filet, dont les noms avaient été fournis par Fitzgerald et Kaminski. Mais personne n'avait jamais entendu parler des deux victimes dans ce milieu très fermé et en marge de la communauté.

Puis le lendemain matin, sans se décourager, les enquêteurs étudièrent les registres du drugstore, dans lesquels Singh renseignait les stocks de tous les articles proposés dans sa boutique. Dont ceux des médicaments en vente libre qu'il était autorisé à vendre sans licence, ni diplôme de pharmacien. Là encore, rien ne permettait de douter de l'honnêteté du commerçant. La vente de médicaments sans ordonnance au drugstore de Jared Drive était plutôt marginale, tout à fait conforme à ce qui était attendu, et les registres avaient été tenus scrupuleusement jusqu'à la mort de l'homme.

Malgré tous les efforts déployés depuis quarante-huit heures, la piste liée à un trafic de médicaments aboutissait à une impasse, et aucun lien n'avait pu être établi entre Vajramani Singh et Irvine Phelps. Parallèlement, la panique avait enflé parmi les habitants de White Plains, essentiellement alimentée par les articles de presse. Les journaux du mardi, du mercredi et du jeudi s'empilaient à l'angle des bureaux des trois détectives et, dégoûtés de leur contenu racoleur, ils n'avaient jeté qu'un bref coup d'œil aux éditions du jour.

Le vendredi, la piste des dettes de jeu – la dernière en possession des forces du WPPD – fut explorée. Costa et Shelby entreprirent la tournée des bookmakers et des usuriers de la ville. Cependant Phelps y était inconnu. Le médecin jouait gros, mais uniquement aux tables de poker plus ou moins illégales, dans les casinos du New Jersey ou, plus rarement, dans ceux d'autres États. Aucun pari n'était enregistré à son nom dans les cahiers des bookmakers, qu'il avait fallu un peu bousculer pour y jeter un œil, au grand plaisir de Dino Costa ; pas plus qu'un prêt suspect chez les usuriers.

À la brigade, Ashley entreprit un fastidieux travail de pointage sur les relevés de comptes bancaires de l'oncologue, obtenus grâce à un autre mandat. Les comptes de Phelps étaient dans le vert, de justesse, malgré un grand nombre de dépenses aux montants faramineux correspondant aux bijoux offerts à ses amantes ou à des repas dans les restaurants hors de prix jouxtant les casinos fréquentés par la victime. Il n'y avait aucun retrait en liquide dépassant les deux-cents ou trois-cents dollars, et l'homme réglait l'essentiel de ses dépenses courantes par chèque ou par mandat, dont les pensions compensatoires de ses deux ex-épouses. Quant à ses ressources, elles provenaient exclusivement de son activité professionnelle privée, comme de ses consultations hospitalières, et de quelques placements boursiers sécurisés et à faible rendement.

De retour au QG de la police en fin d'après-midi, épuisés et abattus par l'absence de résultats malgré l'énergie mise en œuvre, Ashley Wolfe, Dino Costa et William Shelby Jr. prirent la décision de recentrer l'enquête sur un élément qu'ils avaient laissé de côté au cours des jours précédents. Celui qui restait le seul lien entre les victimes des deux assassinats : les pièces du jeu d'échecs.

Ils se donnèrent rendez-vous à la bibliothèque le lendemain, samedi 2 février en début d'après-midi, afin de rendre visite à l'unique atout qui pourrait peut-être les aider à débusquer le tueur : Rita Jennings, l'animatrice du White Plains Chess Club.

28

L'inspecteur William Shelby Jr. n'eut aucun mal à trouver la bibliothèque publique de White Plains sur Martine Avenue grâce aux indications fournies par ses coéquipiers. Comme pour lui ôter tout dernier doute, un flot presque continu de lycéens, d'étudiants et d'adultes entrait et sortait du bâtiment dont l'architecture moderne et austère ne semblait pas les déranger.

À Plymouth, ville où il avait vécu et travaillé ces dernières années, la bibliothèque était installée au sein d'un vieux manoir gothique et victorien, certes décrépi, mais à l'intérêt architectural indiscutable. La découverte de ses salles sombres datant du siècle précédent, propices à la lecture dans une ambiance feutrée et à un calme régénérateur, attirait au moins autant les visiteurs que les livres alignés sur les rayonnages.

Shelby fut tiré de ses souvenirs et de ses considérations actuelles en apercevant Ashley et

Dino se garer près de sa voiture, à quelques secondes d'intervalle.

— Alors, prêt à pénétrer dans le royaume des intellos ? demanda Costa à son collègue en lui adressant un clin d'œil amusé.

— Oui. Et mon petit doigt m'a dit qu'une de ces intellos en particulier t'avait fait de l'effet.

Shelby rendit son clin d'œil taquin à Costa et Ashley afficha un air innocent en haussant les épaules quand Costa se tourna vers elle.

En pénétrant dans l'édifice, tous trois avaient retrouvé leur sérieux et leur professionnalisme. Une bibliothécaire, qui n'était pas présente à l'accueil lors de la précédente visite deux semaines auparavant, demanda aux visiteurs si elle pouvait les renseigner. Mais ils déclinèrent la proposition en exhibant leurs plaques du White Plains Police Department – deux plaques dorées d'inspecteurs et une plaque argentée d'officier détachée – puis en lui annonçant qu'ils venaient simplement rencontrer les membres du club de jeu d'échecs dans le cadre d'une enquête de police, sans plus de détails. Si la bibliothécaire lisait la presse et s'intéressait aux rumeurs et ragots qui circulaient en ville, elle saurait certainement de quoi ils parlaient.

Sans avoir recours à un quelconque fil d'Ariane pour s'orienter dans le dédale de couloirs, de pièces et de recoins de la bibliothèque, Ashley guida ses collègues masculins jusqu'à la salle occupée chaque samedi après-midi par le White Plains Chess Club. Elle en avait mémorisé le chemin en compagnie de Shannon.

Le repère des joueurs d'échecs n'avait pas changé d'un iota au cours des deux dernières semaines. La vaste pièce et ses occupants donnaient l'impression d'être figés dans le temps et Ashley, tout en sachant bien que c'était impossible, se demanda l'espace d'un instant si ces individus concentrés sur leurs échiquiers avaient vraiment quitté les lieux et étaient rentrés chez eux depuis qu'elle les avait vus lors de sa première visite.

La seule différence résidait dans la présence d'un petit attroupement de quatre ou cinq personnes à proximité de l'alcôve où les enquêteurs avaient vu Rita Jennings et Katerina Petrovitch s'entraîner. En s'approchant, Ashley, Dino et William se rendirent compte que les deux femmes s'y trouvaient à nouveau, et qu'elles s'affrontaient dans une partie intense semblant canaliser toute l'attention et l'admiration de leur public. Ashley s'avança vers le groupe et s'adressa en chuchotant à la personne la plus proche.

— Que se passe-t-il ?

— Madame Jennings prépare Katerina pour son prochain tournoi. Il aura lieu à la fin du mois de mars et Katerina représentera notre club.

— Et cette partie a quelque chose de spécial ?

— Oui, Madame Jennings et Katerina reconstituent coup pour coup une partie jouée entre Bobby Fischer et Donald Byrne à New York en 1956. Fischer n'avait que treize ans, mais il a battu le maître international en sortant des coups extraordinaires. Ce match a marqué l'histoire de notre discipline.

— Je vois, répondit la jeune policière en acquiesçant respectueusement aux propos enjoués de son interlocuteur.

Les détectives se joignirent au public et observèrent la suite de la partie sans intervenir. Ils avaient du temps devant eux. Et même s'ils n'en avaient pas eu, ils auraient provoqué une émeute et se seraient fait lyncher s'ils avaient osé stopper l'affrontement.

Ashley, Dino et William n'y comprenaient pas grand-chose – surtout Dino Costa – mais ils se laissèrent envelopper et happer, sans s'en rendre compte, par l'ambiance de passion et de tension qui régnait autour des deux femmes, qui allait crescendo à chaque coup joué. Personne ne parlait mais tout le monde communiait. C'était le langage universel des échecs.

29

L'affrontement s'acheva soixante-dix minutes plus tard sous des applaudissements nourris. Costa, Shelby et Wolfe furent surpris en regardant leur montre et en constatant qu'ils attendaient depuis plus d'une heure pour parler à Rita. Ils eurent l'impression que tout au plus vingt minutes s'étaient écoulées depuis qu'ils avaient commencé à suivre le match entre Rita Jennings, incarnant le maître Donald Byrne, et Katerina Petrovitch, tenant le rôle du jeune prodige Bobby Fischer.

D'autres joueurs avaient rejoint l'attroupement après avoir terminé leurs propres parties – des parties classiques, sans aucune comparaison possible avec celle qui venait de se jouer sous les yeux des enquêteurs – et plus d'une vingtaine de spectateurs félicitaient les deux femmes pour la démonstration qu'elles venaient de leur offrir. Les deux joueuses paraissaient épuisées par l'intensité de l'échange et le visage de la flamboyante Rita présentait même des cernes sous les yeux ; ainsi que quelques rides de concentration sur le front, qui commençaient à s'estomper. En se frayant un chemin parmi les joueurs admiratifs, Rita reconnut Ashley et l'inspecteur Costa et alla à leur rencontre.

— Bonjour Rita, la salua le détective en esquissant un large sourire et en tendant la main à la rousse quadragénaire quand ils se furent éloignés des autres joueurs.

— Bonjour inspecteur… Costa ? C'est bien ça ?

— Tout à fait, Dino Costa. Vous vous souvenez de ma coéquipière, l'officier détachée Ashley Wolfe ? Et voici l'inspecteur William Shelby.

— Enchantée, inspecteur.

— Le plaisir est pour moi, Madame Jennings. Et bravo pour ce match. Nous sommes arrivés au bon moment.

Rita répondit par une élégante révérence, qui respirait l'humilité non feinte, et Ashley constata que Shelby, tout comme Costa deux semaines plus tôt, n'était pas insensible au charme et au charisme presque magnétique de la vice-championne d'échecs au teint de porcelaine.

— Katerina est une future championne, elle est faite pour les échecs, ajouta Rita avant de changer de sujet. Mais, j'y pense : votre amie Shannon n'est pas avec vous ?

— Non, pas aujourd'hui. Notre visite est cette fois un peu plus formelle.

Les costumes de ville des deux inspecteurs en témoignaient.

— Je comprends, déclara Rita en hochant la tête affirmativement. Pour une fois, j'ai lu la presse cette semaine. Difficile d'y échapper.

— En vérité, intervint Ashley, nous sommes plus ou moins dans une impasse et toute aide serait la bienvenue. Et comme vous nous l'aviez proposée…

— Vous en saisissez l'occasion ! compléta Rita. C'est d'accord, je vous aiderai avec plaisir.

— Bien, merci beaucoup.

William Shelby sortit son carnet et un stylo de sa poche de veste. Il tourna quelques pages et pointa la mine en haut d'une page vierge, prêt à prendre des notes. Costa résuma les faits survenus au cabinet de cancérologue en début de semaine ; explication ponctuée de précisions apportées par Ashley, notamment concernant la tour noire découverte sur le bureau d'Irvine Phelps.

— D'après vous, Rita, que symbolise cette tour ? Pour le pion noir retrouvé sur le corps de Monsieur Singh, vous penchiez pour une histoire de sacrifice ou pour une invitation à engager une partie entre le tueur et les forces de police.

— Sur l'échiquier, la tour est une pièce à longue portée. Elle est considérée comme la pièce la plus forte après la dame et sa valeur augmente en cours de partie. D'ailleurs, en général, la tour n'intervient qu'à partir du milieu de l'affrontement, car une tour a besoin d'espace et de lignes ouvertes pour déployer son influence sur le jeu. Ce qu'elle ne peut pas faire quand elle est bloquée par les pions en début de partie.

— Vous y voyez donc une sorte de logique ou de progression par rapport au pion du premier assassinat ?

— On peut l'interpréter comme ça, effectivement. Mais nous ne savons pas si cette tour noire représente un coup gagné ou un coup perdu. La signification pourrait être totalement différente. Dans les parties jouées en amateur, une tour renversée est parfois utilisée pour représenter la dame issue de la promotion d'un pion, en l'absence de dame disponible. Mais cette pratique est proscrite en tournoi.

— Là vous m'avez perdu ! concéda Costa en haussant les épaules et en ouvrant grand les mains de chaque côté de son torse.

— Vous me disiez que ce cancérologue avait une vie privée un peu… particulière ? Qu'il fréquentait de nombreuses femmes en plus de s'adonner aux jeux d'argent ?

— Oui, c'est bien ça.

— Dans ce cas, la tour renversée pourrait faire penser à une conquête féminine : un pion promu en dame.

— En effet, ça pourrait se tenir, commenta Ashley. Car, maintenant que j'y pense, la tour était couchée lorsque nous l'avons découverte. Je m'en souviens, c'est moi qui l'ai ramassée. Sur le coup, je n'ai pas fait attention à ce détail, mais il a peut-être son importance.

— Il y a peut-être une femme derrière tout ça, déduisit Shelby. Ou un mari trompé. Mais dans ce cas, si ça explique éventuellement le meurtre de Phelps, quel est le rapport avec celui de Singh ?

— C'est ce que nous devons découvrir, renchérit Costa. Merci beaucoup pour vos lumières, Rita. Je crois que nous allons continuer à faire appel à vous dans cette enquête.

Rita Jennings approuva au moyen d'une nouvelle révérence particulièrement appréciée par les deux inspecteurs tandis que le cerveau d'Ashley, orienté vers la suite de l'enquête, tournait déjà à plein régime.

30

Dès le lundi matin, les enquêteurs entreprirent la tâche fastidieuse de contacter toutes les femmes identifiées – au présent comme au passé – dans la vie privée d'Irvine Phelps, en commençant par sa secrétaire, Alice Wilcox. En déplaçant les photos des deux scènes de crime sur le tableau d'enquête, ils libérèrent un peu de place pour une étroite colonne où ils placardèrent une vingtaine de noms, alignés les uns sous les autres. Mais bien entendu, cette liste ne pouvait être exhaustive, car il n'y avait aucun moyen de répertorier les call-girls et autres rencontres d'un week-end qu'avaient pu connaître l'oncologue.

La grande majorité de ces femmes, contactées par téléphone – ou par une visite discrète à leur domicile en l'absence de leur conjoint si elles étaient mariées – avaient tiré un trait sur Irvine Phelps, et les détectives n'eurent aucune raison de creuser plus profond.

Les deux ex-femmes du cancérologue se montrèrent relativement affectées, mais pour des raisons différentes. La première, celle avec qui il avait vécu le plus longtemps, avait été sincèrement attristée d'apprendre la mort de son ex-mari quelques jours plus tôt ; tandis que la deuxième se demandait qui allait désormais payer sa pension compensatoire.

Enfin, quelques-unes, pour qui fréquenter Irvine Phelps avait scellé le sort de leur mariage ou sali leur réputation, demandèrent à ce qu'on félicite le tueur quand on l'arrêterait. Le point commun de ces femmes courroucées était de raccrocher le téléphone avant la fin de la conversation.

Mais Ashley, tout comme les inspecteurs Costa et Shelby, avait du mal à croire en cette piste. La mise en scène des crimes – le déguisement, l'arme équipée d'un silencieux, la pièce d'échecs – ne collaient pas avec un crime passionnel ; qu'il ait été perpétré par une amante éconduite, vexée et manipulée, ou par un mari trompé.

Par acquit de conscience, le lendemain, les enquêteurs, assistés par leurs collègues Robert Jones et John Roberts, reprirent chaque nom féminin présent dans les dossiers professionnels de Phelps des trois dernières années – ceux obtenus par mandat la semaine précédente – et engagèrent les mêmes vérifications avec, en raison de l'aspect délicat, tout le tact nécessaire. Quelques patientes du spécialiste, peu nombreuses, étaient malheureusement décédées des suites de leur cancer et les dossiers furent mis de côté avant d'appeler les familles.

Les autres décrivirent Irvine Phelps comme un médecin parfois distant ou absent, mais qui semblait connaître son métier et savoir ce qu'il faisait. Quelques-unes se montrèrent davantage critiques – Ashley repensa aux erreurs de diagnostic rapportées par Malcolm Russel, le directeur de l'hôpital – mais aucune n'avait noué d'attache personnelle, affective ou sexuelle avec l'oncologue.

Quant au lien entre toutes les femmes ayant connu Irvine Phelps, en privé comme dans le cadre professionnel ou médical, et le malheureux Vajramani Singh, il était encore plus ténu. Dans le meilleur des cas, trois patientes de Phelps, et non des maîtresses, habitaient près de Jared Drive et avaient peut-être effectué leurs courses à plusieurs reprises au drugstore de Singh. Mais les faits n'allaient pas plus loin.

Bref, à l'instar de la piste des dettes de jeu ou de celle du trafic de médicaments, ces nouvelles recherches n'apportèrent pas d'eau au moulin des enquêteurs. Tout ce qu'ils récoltèrent, le mercredi, fut un nouvel appel furieux du maire Endeavor McLaughlin, qui exigeait des résultats auprès du capitaine Elias Abraham afin de rassurer ses administrés.

Maigre consolation pour Ashley, Dino et William : aucune nouvelle victime du tueur au jeu d'échecs n'était à déplorer. Et dans la presse, l'affaire, bien que toujours présente, avait été reléguée aux colonnes « en bref » des pages de milieu de journal, cédant de nouveau sa place en couverture des éditions locales à la crise de l'essence et aux préparatifs autour de la conférence des pays consommateurs de pétrole, qui débuterait quelques jours plus tard à Washington.

31

Le journal plié, qui traînait dans le hall, indiquait la date du vendredi 8 février 1974. La silhouette n'y accorda qu'un rapide regard avant de le pousser du bout de la chaussure. Le quotidien ne lui était pas destiné, mais à l'un de ses voisins, et le colporteur de presse l'avait probablement mal glissé dans la fente d'une boîte aux lettres.

Comme souvent dans cet immeuble ancien, l'ascenseur était en panne et la silhouette fut forcée de prendre les escaliers jusqu'au quatrième étage, où se trouvait son appartement. Elle fit une pause sur le palier du deuxième étage pour reprendre son souffle, emballé par l'effort et par une pointe de stress. L'air expulsé par ses poumons émettait un sifflement proche de celui d'un pneu crevé, mais la respiration se calma d'elle-même au bout de quelques secondes et redevint silencieuse.

Le mystérieux individu tenait dans un bras un sac de courses en papier brun, dont le contenu semblait peu volumineux et léger. Il habitait dans l'immeuble depuis quelques années, mais n'y fréquentait personne et adoptait une certaine discrétion qui le faisait presque passer pour un fantôme auprès de ses voisins. Nul parmi eux n'avait distinctement aperçu son visage, ne connaissait sa profession – la silhouette quittait son appartement chaque jour, mais pas selon des horaires réguliers – et encore moins son nom, absent de sa boîte aux lettres.

Sur le palier du quatrième étage, faiblement éclairé, la forme indistincte extirpa un trousseau de clés de sa poche et ouvrit la porte de son logement. Elle y pénétra après avoir jeté un œil derrière elle, pour s'assurer qu'elle n'avait pas été suivie, et referma aussitôt la porte derrière son ombre. L'ombre d'une ombre.

À l'intérieur de l'appartement, la silhouette alluma la lumière, posa le sac et ses clés dans un vide-poche, enleva son long manteau marron à col fourré, son bonnet et ses gants de laine assortis et les accrocha à une patère fixée au dos de la porte. Puis elle reprit le sac, se dirigea vers la cuisine et en vida le contenu sur la table en formica bleu pâle : une perruque aux cheveux blonds ainsi qu'une paire de lunettes à grosse monture et aux verres teintés dans une nuance orange sombre tirant vaguement vers le marron.

Une séance d'essayage s'imposait, ce que fit la silhouette en enfilant d'abord des gants jetables en latex, puis en apposant le postiche capillaire sur son crâne devant le miroir de la salle de bain, avant d'enfiler les lunettes. Sa presque ressemblance avec le chanteur Elton John lui tira un sourire qui aurait pu être amusé et joyeux en d'autres circonstances. Quelques ajustements de mèches plus tard, les deux accessoires de déguisement rejoignirent l'intérieur du sac en papier.

Puis le locataire de l'appartement se rendit dans la chambre à coucher, ouvrit le tiroir d'un bureau à cylindre encombré de magazines et en sortit ce qui ressemblait à une boîte en bois vernie, de forme carrée, haute d'environ six centimètres.

La partie supérieure de la boîte était un échiquier, vite soulevé et déposé sur le couvre-lit, tandis que l'intérieur de l'écrin contenait trente-deux emplacements. Trente étaient occupés par des pièces de jeu d'échecs noires ou blanches sous lesquelles étaient collés de petits disques de feutrine verte, mais deux autres étaient vides. Leur forme indiquait la place pour y ranger un pion ainsi qu'une tour.

L'index de la main droite de la silhouette joua un instant au-dessus des pièces comme s'il hésitait, en pointant l'une avant d'en désigner une autre, puis son choix se porta finalement sur une pièce noire. Celle du roi.

La main, toujours gantée, ôta délicatement le roi noir de son emplacement et le glissa dans le sac, avec la perruque et les lunettes. Puis elle rangea le sac dans le bas d'un placard du cellier et se débarrassa des gants en latex dans le vide-ordures de la cuisine.

Les préparatifs étaient terminés, le prochain déplacement sur l'échiquier était imminent.

32

Comme chaque lundi matin, Vernon Hendricks arriva tôt ce 11 février à l'usine située au cœur du parc industriel de White Plains, au croisement de Bryant Avenue et de la route 287. L'axe routier délimitait à l'est le territoire de la ville de celui de Purchase et de Sterling Ridge, jadis des villages désormais devenus des quartiers de la ville voisine d'Harrison. Certains employés de l'usine – ouverte trois ans plus tôt quand le parc industriel avait connu un rapide essor, dans le sillage de l'industrie new-yorkaise – habitaient d'ailleurs à Sterling Ridge ou à Purchase et se rendaient chaque jour à White Plains pour y travailler.

Cependant, ce n'était pas le cas de Vernon Hendricks, quarante-trois ans, qui logeait avec son épouse à White Plains dans une villa cossue d'Havilands Lane. Car Vernon Hendricks n'était pas un ouvrier travaillant sur chaîne, à l'emballage ou à l'expédition. Il était le directeur de l'usine locale de

Crestwood Original, un cigarettier en pleine croissance dans toute la Nouvelle-Angleterre ainsi que dans l'État de New York.

La moderne usine avait vu le jour à la fin de l'année 1970, après la cession par la ville de White Plains et par son maire d'un terrain le long de la route 287. Sous la direction de Vernon Hendricks, on y conditionnait en paquets puis en cartouches des cigarettes fabriquées dans d'autres usines Crestwood Original dans le Kentucky, le Tennessee et la Géorgie avant de les vendre sous diverses marques dans l'État de New York, le Maine, le Massachusetts, le New Hampshire, le Vermont, le Rhode Island et le Connecticut. Les cigarettes étaient livrées à l'usine par camions banalisés dans des caisses vierges de tout marquage afin d'éviter les risques de braquage et de vol.

Quand, un peu avant 6h40, le directeur de l'usine gara son imposante Buick Regal 1972 à moteur V8 sur le parking, il faisait encore nuit et le vaste espace désert marqué d'emplacements aux lignes blanches n'était éclairé que par quelques lampadaires diffusant une lumière jaunâtre et maladive. Dix à quinze minutes plus tard, l'endroit serait occupé par les véhicules du personnel.

Hendricks coupa le moteur et émergea à regret de l'habitacle surchauffé de sa voiture. Avant de refermer la lourde portière, il attrapa un paquet de cigarettes – des Fleets, une des marques de Crestwood Original – et un briquet qui traînaient sur le tableau de bord, puis il alluma une cigarette en protégeant la flamme du froid et du vent à l'aide de ses mains. Vernon Hendricks savait qu'il distribuait un dangereux poison – après tout, c'était légal et ça rapportait gros – mais cette connaissance ne l'empêchait pas de le consommer au quotidien.

Sa voiture verrouillée, il se dirigea vers l'une des portes d'entrée de l'usine, celle utilisée par le personnel administratif et conduisant, entre autres, à son bureau. Sa clé joua dans la serrure de la porte, et Hendricks jeta sa cigarette à moitié consumée sur le macadam avant de pénétrer dans l'usine dernier cri et de neutraliser l'alarme.

La course du groom allait se terminer et la porte se refermer quand une main gantée l'attrapa depuis l'extérieur. Tapie dans l'obscurité, hors du halo des lampadaires, la silhouette avait guetté l'arrivée du directeur avant de s'en approcher sur le parking, à la faveur de la nuit, et de le suivre dans le bâtiment. Le nuage de fumée aux relents de tabac laissé par Hendricks au niveau de la porte provoqua une toux chez l'inconnu, mais il réussit à la contenir. Il lui fallait éviter de faire le moindre bruit, et le temps était compté. Après 7h00 et l'arrivée du personnel, il serait trop tard.

Vernon Hendricks avançait dans le couloir obscur – il connaissait les lieux par cœur et n'allumait que très rarement en arrivant à l'usine –

quand il entendit la porte se refermer quelques mètres derrière lui. Rien d'anormal, mais il lui sembla également déceler un souffle infime à quelques pas, comme la respiration d'une personne asthmatique ou enrhumée.

— Qui va là ? demanda-t-il.

Personne ne répondit, mais le souffle augmenta sensiblement.

— Je répète : qui va là ? Attention, je suis armé.

C'était du bluff, mais le directeur comptait sur ce mensonge pour faire fuir l'éventuel intrus qui s'était peut-être glissé dans l'usine à sa suite, dans l'objectif de voler quelques cartouches de cigarettes. La contrebande de cigarettes volées pouvait être très lucrative.

Hendricks regrettait de ne pas avoir actionné l'interrupteur du couloir, quand les néons situés juste au-dessus de lui s'allumèrent et l'aveuglèrent en diffusant leur lumière blanche et crue. Il porta la main à son front, en visière, mais quand il cligna des yeux, une fois habitué à la clarté, il distingua une silhouette adossée à la porte d'entrée, lui barrant le passage vers la sortie.

L'apparition portait un manteau long et marron et un chapeau. Du couvre-chef, au niveau des tempes, émergeaient des cheveux blonds et la partie haute du visage était dissimulée par une paire de lunettes démesurées aux verres teintés. En clignant à nouveau des yeux, Hendricks vit qu'elles étaient orange foncé et il pensa, malgré toute l'incongruité de la chose, que son visiteur indésirable ressemblait quelque peu à Elton John.

— Qui êtes-vous ? Que voulez-vous ? questionna le directeur apeuré, d'une voix subitement montée dans les aigus.

L'autre ne répondit pas mais avança de quelques pas en direction d'Hendricks. Ce dernier se paralysa sur place quand il aperçut un pistolet doté d'un silencieux apparaître comme par magie dans les mains gantées. Il avait perdu la notion exacte du temps et tout ce qu'il espérait, c'était de voir surgir les premiers membres du personnel administratif de l'usine par la porte, dans le dos du faux Elton John au manteau marron.

Hendricks bégaya quelques mots incompréhensibles puis l'intrus prit la parole.

— Vous devez payer ! C'est votre tour, la partie est finie.

— Mais qu'est-ce que…

Une détonation étouffée interrompit la phrase du directeur avant la fin et Vernon Hendricks s'écroula à même le sol. Ses yeux étaient ouverts, une expression interrogative et terrifiée marquait ses traits, et l'orifice d'entrée de la balle tirée par l'arme commença à laisser le sang s'écouler de la plaie mortelle et s'épandre sur le sol en béton.

Le visiteur rangea son arme dans la poche droite du manteau et glissa sa main gauche de l'autre côté pour en sortir un petit objet sombre.

Le tueur au jeu d'échecs s'approcha de sa troisième victime, en prenant bien garde de ne pas marcher dans la flaque de sang en formation autour du corps et, comme pour Vajramani Singh, déposa la pièce de jeu d'échecs sur la poitrine inerte. Il s'agissait cette fois du roi noir.

En tendant l'oreille dans le silence du couloir, la silhouette entendit les moteurs de plusieurs véhicules gronder sur le parking. Les employés arrivaient pour prendre leur poste et débuter leur semaine de travail à l'usine de conditionnement de cigarettes Crestwood Original de White Plains. Mais, pour la première fois, sans leur directeur.

Malgré l'urgence de la situation, le tueur au jeu d'échecs ne sacrifia pas son rituel et regarda le corps étendu en murmurant :

— Le roi noir s'était réfugié en A8, mais c'était peine perdue. Le cavalier blanc en A6 et le fou blanc en E4 ne lui laissèrent aucun espoir. Mat. Une nouvelle vie s'arrête. Cette partie est terminée, mais une autre va bientôt commencer.

Puis la silhouette se dirigea vers la sortie et ouvrit la porte avec précaution. La voie étant libre, elle disparut dans l'obscurité matinale.

33

Ashley était en train de s'habiller pour prendre le bus et se rendre dans les locaux du White Plains Police Department quand le téléphone de son studio sonna. On l'appelait rarement et, si tôt, c'était anormal. Elle redouta immédiatement le pire pour son père, Victor Wolfe qui, bien que haut gradé dans la police de New York, intervenait parfois sur le terrain, à sa demande, pour ne pas se couper de la base, des inspecteurs et des officiers.

Se débattant en enfilant son pull, Ashley courut presque, de la chambre à la cuisine, pour décrocher le combiné mural.

— Wolfe ?

— Oui ?

— C'est Abraham.

La jeune femme se sentit rassurée pour son père ; même si un appel de son capitaine, chez elle et à une heure si matinale, n'annonçait rien de bon.

— Bonjour Capitaine.

— Bonjour Wolfe. Je suis désolé de vous déranger chez vous, mais il est arrivé quelque chose. Nous avons…

— Un troisième meurtre ? Il a encore frappé ?

— Oui, malheureusement.

— Quand ?

— Ce matin, il y a à peine une heure. Et pour ne laisser planer aucun doute sur l'identité du tueur, une pièce de jeu d'échecs a été retrouvée. Un roi noir.

— Qui est la victime, capitaine ?

— Le directeur de l'usine Crestwood Original, dans le parc industriel.

Ashley avait appris à connaître les rues de la ville depuis son arrivée à la brigade criminelle l'année précédente – elle se souvenait de son premier jour, quand Elias Abraham lui avait remis un plan de la ville pour touristes, dont elle avait retenu le tracé et le nom des artères principales en quelques jours – mais elle ne s'était jamais rendue dans le secteur des usines, à l'est de White Plains, et elle ignorait encore en quoi consistait l'activité de l'usine Crestwood Original. Elle avait déjà aperçu ce nom quelque part, mais elle était incapable de savoir à quoi il correspondait exactement.

La jeune policière se demanda immédiatement quel pouvait être le lien entre un directeur d'usine, un gérant de drugstore et un cancérologue, mais elle n'en trouva aucun, de prime abord.

— Vous pouvez vous y rendre directement sans passer par la brigade ? enchaîna aussitôt Elias Abraham. Si ça ne vous dérange pas d'utiliser votre véhicule personnel, bien entendu, et s'il vous reste encore de l'essence. Je viens d'appeler Costa et Shelby, vous les retrouverez sur place. Shelby passe chercher Costa, car son réservoir est à sec. Foutu rationnement !

— D'accord, capitaine. J'y vais tout de suite, il me reste un quart de plein.

— Merci Wolfe.

Ashley raccrocha le téléphone, attacha ses cheveux, attrapa son blouson et quitta son studio. Son petit bolide orange – son AMC Gremlin – l'attendait non loin, garée sur Ethelridge Road. Il était 8h00 et l'heure de pointe rendait difficile la traversée de la ville. Ce qui n'empêcha pas l'officier détachée de rejoindre le parc industriel au bout de Bryant Avenue en une quinzaine de minutes, après avoir récolté quelques coups de klaxons de protestation en chemin. À peine davantage que si elle avait conduit un véhicule à gyrophare du WPPD. L'autoradio égrenait les premières mesures de *Killing me Softly with his Song* de Roberta Flack quand Ashley se gara sur le parking de l'usine Crestwood Original.

Une longue Oldsmobile Cutlass grise des années soixante s'immobilisa à côté de la Gremlin d'Ashley quelques secondes plus tard. Un autocollant du Massachusetts sur la lunette arrière trahissait l'identité de son propriétaire. Les inspecteurs William Shelby Jr. et Dino Costa en sortirent, la mine sombre.

— Salut Wolfe.

— Salut Costa, salut Shelby. Dis-moi Costa, tu sais ce qu'on produit dans cette usine ? Le capitaine ne me l'a pas précisé et je n'ai pas eu le temps de me renseigner.

— C'est une usine d'emballage.

— D'emballage ?

— Oui, ils mettent des cigarettes en paquets puis en cartons. Crestwood Original est un gros cigarettier du nord-est du pays. Le capitaine doit même fumer une de leurs marques.

La mention des cigarettes éveilla quelque chose de fugace dans l'esprit d'Ashley mais un homme en uniforme gris s'approcha du trio en hélant et elle reporta son attention sur lui.

34

L'homme en uniforme gris avait l'air paniqué et dépassé par les événements. Malgré la température encore largement fraîche de cette matinée de février, renforcée par le vent sec qui soufflait sur les espaces dégagés du parc industriel, de grosses gouttes de sueur perlaient sur son front. Mais davantage provoquées par le choc et la peur que par l'effort physique. L'homme était maigre et affichait une apparence de croque-mort amèrement adapté à la situation.

— Mike Scottish, se présenta l'homme en rejoignant les enquêteurs. Je suis le responsable de la sécurité.

L'inspecteur Costa pensa que la sécurité n'était pas le fort de l'usine, étant donné qu'un cadavre les attendait à l'intérieur du bâtiment, mais il s'abstint – avec difficulté – de formuler sa remarque à voix haute.

— C'est moi qui ai appelé la police. J'ai… j'ai découvert le corps de Monsieur Hendricks en arrivant à l'usine à 7h00.

L'inspecteur Shelby ouvrit son carnet et commença à prendre des notes tout en questionnant le chef de la sécurité.

— C'est votre heure habituelle d'arrivée à l'usine, Monsieur Scottish ?

— Oui. J'arrive en même temps que les autres employés.

— Dans ce cas, pourquoi Hendricks était-il déjà sur place ?

— Monsieur Hendricks a pour habitude, je veux dire avait pour habitude, d'arriver un peu avant tout le monde, surtout le lundi. Il voulait donner l'impression que l'usine était déjà fonctionnelle et que les postes de travail n'attendaient plus que d'être occupés, sans plus attendre.

— Je vois, commenta Shelby. Un management qui ne laissait rien au hasard. Votre directeur avait-il des ennemis ? Quelqu'un a-t-il été licencié récemment ?

— Non, personne. Au contraire, l'usine embauche encore. Et Monsieur Hendricks était très apprécié de l'ensemble du personnel. Il était ferme, mais juste.

— Votre directeur avait-il des problèmes personnels ? D'ordre privé ou concernant ses finances ? intervint Ashley.

— Pas à ma connaissance. Il était marié et heureux en ménage, d'après ce que j'en sais. Mais si vous permettez, je peux peut-être vous faire gagner du temps.

Shelby leva les yeux de son carnet.

— C'est-à-dire ?

— Je sais qui a tué Monsieur Hendricks.

Les enquêteurs ouvrirent grand les yeux, pendus aux lèvres de Mike Scottish ; tandis que l'homme s'épongeait le front à l'aide d'un mouchoir.

— Enfin, reprit Scottish en rangeant le mouchoir dans une poche de son uniforme gris, je sais à quoi il ressemble. Je peux vous le montrer. Suivez-moi.

La stupéfaction était à son comble chez Ashley, Dino et William ; qui suivirent le responsable de la sécurité en silence. L'homme les fit entrer dans l'usine – ils jetèrent un regard au corps étendu de Vernon Hendricks, vers qui ils reviendraient ensuite – et les guida jusqu'à une petite pièce à peine plus grande qu'un placard, conçue pour n'accueillir qu'une seule personne. Une personne mince de préférence.

— C'est mon bureau, énonça Mike Scottish pour lever le doute auprès de ses visiteurs.

Un bureau en métal gris, inutilement massif et volumineux pour un lieu si minuscule, occupait la moitié de l'espace et Shelby resta dans l'encadrement de la porte pour éviter l'étouffement et laisser un peu de place à ses coéquipiers. Trois écrans semblables à des télévisions, mais plus petites, trônaient sur le bureau de Scottish, ainsi qu'un appareil électronique moderne qui affichait plusieurs touches lumineuses entourant une grosse molette.

L'installation était complétée par deux lecteurs ou enregistreurs de bandes magnétiques fixés sur le mur au-dessus des écrans, l'un à l'arrêt, l'autre en fonctionnement. Intriguée par ce matériel, Ashley remarqua également la présence d'une douzaine d'autres bandes magnétiques rangées dans des boîtes en carton et empilées dans un coin de la pièce, sur un petit meuble.

— L'usine est équipée d'un système de surveillance par caméra, annonça finalement Mike Scottish, pas peu fier de présenter le dispositif malgré les circonstances. C'est récent et c'est ce qui se fait de mieux dans le domaine : plusieurs caméras sont installées à divers emplacements de l'usine, elles sont reliées à ce local et je peux suivre ce qu'elles observent grâce à ces trois écrans.

Se lançant sans plus attendre dans une démonstration afin d'illustrer son propos, l'homme appuya sur les boutons orangés de sa console et l'image affichée sur chaque écran changea immédiatement, montrant d'autres angles de vue. Les images étaient en noir et blanc, granuleuses, mais on apercevait plutôt distinctement les ouvriers de l'usine en train de travailler. Affairés, ils ignoraient probablement encore tout du drame qui s'était joué une heure plus tôt de l'autre côté du bâtiment.

— Ce n'est pas un peu disproportionné pour une usine de conditionnement de cigarettes ? demanda Dino Costa. On n'est quand-même pas à la NASA, ici. Et c'est légal ?

— C'est totalement légal, inspecteur. Les employés sont au courant et ils ont donné leur accord écrit lors de leur embauche. Crestwood Original a voulu doter cette usine des dernières technologies. Elle servira de modèle pour les prochaines usines du groupe.

— Mais pourquoi surveiller les salariés ? interrogea Ashley.

— C'est la nouvelle politique de Crestwood Original. Vous savez, dans d'autres usines moins modernes, certains employés malhonnêtes n'hésitent pas à détourner et voler des cartouches de cigarettes, et à les revendre sous le manteau. À l'échelle du groupe, ça représente des centaines de milliers de cigarettes chaque année et des dizaines de milliers de dollars de pertes financières. Mon travail consiste essentiellement à passer d'une caméra à l'autre et à surveiller les chaînes d'emballage.

— Fort bien, répliqua Costa, qui commençait à s'impatienter. C'est passionnant, mais si on en revenait à la mort de Vernon Hendricks. Je suppose que vous ne nous avez pas amenés dans ce placard dans le seul but de nous parler du matériel *nec plus ultra* mis en place par vos patrons pour rassurer leurs actionnaires ? Si ?

— Non, en effet. J'ai quelque chose à vous montrer.

35

Scottish se leva, sortit la bande magnétique du carton posé au-dessus de la pile et l'installa sur le lecteur dédié non utilisé. Il amorça la bande, manipula quelques boutons puis tourna la molette de la console vers la droite.

L'image sur l'écran de gauche montrant une des chaînes d'emballage disparut et fut remplacée, après quelques parasites, par un angle de vue idéalement orienté sur le couloir d'entrée de l'usine, plongé dans l'obscurité. Scottish tourna sa molette une nouvelle fois vers la droite et l'image sembla sursauter à l'écran. L'heure à laquelle les images avaient été filmées défilait en accéléré dans l'angle supérieur droit.

— Les caméras situées à proximité des deux portes de sortie de l'usine sont enregistrées et sauvegardées sur bandes magnétiques. Ce sont les seules, pour raison de coût. Les autres affichent uniquement du direct. Les images sont ensuite stockées pendant quelques jours puis, si aucun problème ne m'est signalé, je réutilise les bandes. Ces images ont été enregistrées ce matin, le système se met en marche automatiquement à 6h30.

— On n'arrête pas le progrès, ronchonna Costa.

Une ombre apparut sur l'écran et Scottish relâcha la molette. L'horodatage indiquait 6h47.

Regardez, c'est maintenant.

L'ombre pivota sur elle-même et se tourna vers ce qui devait être la porte. L'image était toujours filmée dans l'obscurité et on ne distinguait rien de précis, l'œil de la caméra ne captant que peu de lumière.

Soudain, un flash illumina l'écran et l'image se satura quelques secondes avant de revenir plus ou moins à la normale. Quelqu'un venait d'allumer l'éclairage, mais la personne au centre de l'écran – le directeur Vernon Hendricks – n'avait pas bougé. Une autre personne avait appuyé sur l'interrupteur.

Hendricks sembla s'adresser à quelqu'un, hors du cadre, puis il recula de deux ou trois pas avant de se pétrifier sur place. En raison de l'usure progressive des bandes magnétiques et des limitations techniques du matériel, l'image était de mauvaise qualité, floue, surexposée et granuleuse. Et il n'y avait pas de son.

C’est alors qu’une silhouette apparut à l’extrémité gauche de l’écran. Une forme sombre, indistincte, portant *a priori* un manteau, ou une sorte de longue veste, et un chapeau. Son visage dissimulé derrière de grosses lunettes était encadré de mèches de cheveux clairs – blonds ou peut-être blancs – et, cette fois, ne portait pas de barbe. Scottish mit la bande en pause quelques instants, avant de relancer la lecture.

Les détectives se retrouvaient pour la première fois confrontés à l’apparence du tueur au jeu d’échecs, même s’ils savaient par expérience que ce visage n’était probablement qu’un déguisement de plus. Un visage différent de celui du témoignage d’Alice Wilcox et sans la fausse barbe noire récupérée dans une poubelle près de cabinet du cancérologue Irvine Phelps.

Mais disposer d’un visage, même s’il était flou et en partie ou totalement faux, était mieux que rien aux yeux des policiers du WPPD. Ce visage indistinct et cette silhouette matérialisaient en quelque sorte la réalité du tueur en série.

À l’écran, le directeur protesta, terrorisé, puis l’inconnu dégaina son arme, leva le bras et tira sur Hendricks sans plus de sommation. La vidéo n’avait pas de son, mais les enquêteurs eurent l’impression d’entendre la détonation étouffée de ce qui était sûrement un petit calibre équipé d’un silencieux, d’après la piètre qualité des images.

L'homme s'écroula. Le tout n'avait duré qu'un peu plus d'une trentaine de secondes après l'activation de l'éclairage.

— L'enfoiré, murmura Costa dans sa moustache.

— Regardez, ce n'est pas fini.

La silhouette rangea son arme, sortit un objet d'une autre poche et s'approcha de la dépouille de Vernon Hendricks. La forme, minuscule, n'était pas identifiable à l'écran, mais les enquêteurs savaient déjà qu'il s'agissait d'une macabre pièce de jeu d'échecs. Il s'agissait du roi noir.

Le tueur posa le roi sur la poitrine du directeur puis resta immobile un instant.

— Regardez ! prononça à son tour Ashley en montrant l'écran du doigt. On dirait qu'il parle à sa victime !

Costa plissa les yeux, Shelby s'approcha du mieux qu'il put, et tous deux purent constater ce qu'avait observé leur jeune collègue. Au milieu du grain et des parasites de la vidéo, une bouche s'animait, articulant quelques mots.

Puis la silhouette disparut, sortant du champ de la caméra avec, à nouveau, un coup d'avance sur les forces de l'ordre.

36

Les sentiments éprouvés lors d'une enquête, et parfois même simultanément, pouvaient être particulièrement contradictoires. Ainsi, Wolfe, Costa et Shelby quittèrent Mike Scottish en se sentant à la fois abattus et surexcités, impuissants et remotivés. Ils avaient la preuve infaillible et indiscutable que le tueur venait de faire une troisième victime, marquant en quelque sorte l'échec de leur traque, mais ils étaient plus que jamais déterminés à mettre un terme à cette folie meurtrière.

Car le compteur commençait à s'affoler sérieusement, ce qui allait de nouveau provoquer la colère du maire Endeavor McLaughlin, la panique au sein de la population et, dans une certaine mesure, réjouir les rédactions fébriles des journaux de la ville.

Pendant que les enquêteurs allèrent examiner le corps de Vernon Hendricks et récupérer le roi noir laissé sur place par le tueur, le responsable de la sécurité de l'usine effectua une copie de la vidéo sur une bande magnétique vierge, réalisée à l'aide de son coûteux matériel, qu'il confia à Ashley et à ses coéquipiers. Ils la déposeraient plus tard dans la journée à Lance, à l'institut médico-légal.

Sans surprise, les premières constatations sur place n'apportèrent aucune révélation concernant le mode opératoire du tueur. D'autant plus qu'il était, cette fois, confirmé par l'enregistrement vidéo du meurtre ; ce qui représentait une première historique pour les enquêteurs du WPPD dans une de leurs affaires.

Via leur radio, ils contactèrent le sergent dispatcheur de service – le sergent Collins, remplacé pendant ses congés par le sergent Osborne, avait repris son poste – afin de faire enlever le corps et de le conduire aux bons soins du légiste Sidney Edmonds. Puis, leur présence n'étant plus nécessaire, ils regagnèrent leurs véhicules sur le parking de l'usine Crestwood Original et quittèrent les lieux.

De retour à la brigade criminelle, après avoir déposé la voiture d'Ashley devant chez elle pour lui permettre d'économiser un peu d'essence, le trio alla directement rendre compte de la situation à Elias Abraham. Sitôt informé dans les moindres détails, le capitaine prit des devants et appela le maire pour lui relater, à son tour, les événements de la matinée.

Laissant leur supérieur à son délicat entretien téléphonique avec McLaughlin, les détectives se dirigèrent vers leurs bureaux et vers le tableau d'enquête, qu'ils mirent à jour en y ajoutant l'identité de la troisième victime et l'adresse où avait eu lieu le meurtre. Car, comme l'avait suggéré Ashley à Dino et à William dans la voiture de ce dernier, faute de piste, il serait peut-être pertinent de s'intéresser à la géographie des trois assassinats, qui avaient eu lieu dans trois quartiers totalement différents de White Plains. Contrairement à Herman Broockwell, dont les premiers meurtres n'avaient été perpétrés que dans le quartier de Gedney Park, le tueur au jeu d'échecs semblait mobile à l'échelle de toute la ville.

Peut-être fallait-il y voir le fruit d'une motivation extrême, ou d'une grande connaissance de White Plains, telle que celle d'un livreur. Mais, assise à son bureau, Ashley n'arrivait pas à tisser un lien entre, d'une part, le peu qu'ils connaissaient du bourreau et, d'autre part, les portraits des trois victimes.

Depuis l'irruption soudaine du chef de la sécurité sur le parking de l'usine environ deux heures plus tôt, elle avait l'impression d'avoir été interrompue dans sa réflexion ; à deux doigts de mettre à jour un élément important pour l'enquête. Mais l'aboutissement de ce cheminement mental lui échappait désormais et cela la tracassait, l'exaspérait au plus haut point.

Tout comme la titillait, de manière sous-jacente, un autre indice qu'elle était convaincue d'avoir en sa possession depuis le début de l'enquête, ou presque, sans pourtant réussir à l'identifier. Délaissant la recherche de l'identité du tueur, extrayant cette variable de l'équation, la jeune femme ferma les yeux, se laissa bercer par le bruit régulier et sec de la machine à écrire sur laquelle Shelby était en train de saisir un document, et plongea dans ses pensées en essayant de synthétiser les faits au maximum.

Les dates des meurtres, pour commencer. Nuit du dimanche 13 au lundi 14 janvier, mort de Vajramani Singh. Lundi 28 janvier, mort d'Irvine Phelps. Lundi 11 février, mort de Vernon Hendricks. Le tueur affichait une régularité presque digne d'un métronome, mais rien ne sauta aux yeux de la jeune femme à part la prépondérance des lundis ; ce qui relevait probablement de la coïncidence.

Ashley passa au point suivant. Les trois victimes étaient des hommes. Mais là encore, c'était statistiquement normal. Mis à part les victimes de violences familiales ou sexuelles – et les victimes du tueur au jeu d'échecs n'entraient pas dans ces deux catégories – les hommes représentaient la majorité des victimes de meurtres, car ils étaient beaucoup plus fréquemment impliqués dans les affaires louches, les trafics divers et autres règlements de compte crapuleux.

Autre fait. Singh, Phelps et Hendricks avaient été assassinés sur ou à proximité de leur lieu de travail. Cette fois, la coïncidence était troublante… et n'en était peut-être pas une. Pourquoi supprimer davantage quelqu'un sur son lieu de travail plutôt qu'à son domicile, au risque de laisser un témoin ou de se faire filmer par un dispositif de sécurité ? Ceci justifiait par ailleurs l'emploi d'un déguisement par le tueur.

Y avait-il une symbolique commune, un lien invisible, dans les lieux de travail ou dans les professions des trois victimes ? Le premier des trois hommes était gérant d'un drugstore, le deuxième oncologue et le dernier directeur d'une usine de conditionnement.

L'esprit d'Ashley tournait à cent à l'heure quand Elias Abraham quitta son bureau et s'approcha de ses subalternes, une cigarette à la main, comme à son habitude. Ashley respira l'odeur du tabac qui, malgré elle, s'insinua à la fois dans ses poumons et au cœur de son cerveau. Dans les zones profondes où les associations d'idées, les souvenirs, les stimuli sensoriels et autres mécanismes de la mémoire siègent.

« Le capitaine doit même fumer une de leurs marques » avait précisé l'inspecteur Dino Costa quand Ashley lui avait demandé la nature de l'activité de l'usine Crestwood Original. La remarque lui avait fait penser à quelque chose, puis elle avait été interrompue dans son raisonnement par l'arrivée de Mike Scottish dans son uniforme gris.

Puis…

Les doigts d'Ashley se crispèrent et sa réflexion trouva enfin sa conclusion. Elle ouvrit les yeux, se redressa dans son fauteuil de bureau et bondit sur place, à la grande surprise d'Elias Abraham, de Dino Costa et de William Shelby Jr.

— Je pense avoir trouvé quelque chose ! clama la jeune enquêtrice.

Les trois hommes la regardèrent comme si elle avait subitement perdu la raison ou conclu un dangereux pacte avec le diable.

— Je crois que j'ai trouvé ce qui relie les trois victimes entre elles !

37

Ashley reprit place dans son siège, tandis que le capitaine tirait une chaise pour s'asseoir près du trio.

— Leurs professions !

— Leurs professions ?

— Oui, c'est ça le point commun !

— Mais ils n'ont rien à voir, s'écria Costa en ouvrant grand les bras comme pour souligner ce qui était pour lui une évidence.

— Tu te trompes. Il y a bien un lien, mais nous ne l'avons pas identifié jusqu'à présent. Ou plus précisément, nous ne pouvions pas le voir avant ce troisième meurtre.

— Nous t'écoutons.

Ashley était surexcitée, mais elle remit ses pensées en ordre pour les partager avec son capitaine et les deux inspecteurs.

— Je tenais déjà quelque chose ce matin, quand tu m'as expliqué, Costa, quelle était l'activité de l'usine Crestwood Original. Puis ça m'a échappé quand Mike Scottish est venu nous parler. Donc, si je reprends, quelle est l'activité de l'usine ?

— De l'emballage, du conditionnement.

— C'est exact. De l'emballage de cigarettes, et Vernon Hendricks était le directeur de l'usine. Son représentant, son responsable.

— Pour l'instant, nous vous suivons, Ashley.

— C'est l'odeur de votre cigarette, capitaine, qui vient de me permettre de retrouver le lien entre les victimes, que j'avais touché du doigt ce matin.

— Ah bon ?

— Oui. Retenons pour l'instant que Hendricks était le directeur d'une usine liée au tabac, et revenons à notre première victime. Que vendait Vajramani Singh dans son drugstore ?

— Des médicaments, de l'alcool, proposa Dino Costa.

— Oui, mais pas seulement.

— Des barres chocolatées ?

— Oui, aussi.

— Des cigarettes ! cria Presque William Shelby.

— Tout à fait ! Souvenez-vous, quand nous avons épluché les factures et bons de commande de sa boutique. C'était l'un des articles les plus vendus. Donc, on peut affirmer que Singh était également lié au tabac.

— En effet, ça se tient, commenta Elias Abraham. Mais pour Irvine Phelps ? D'accord pour

Hendricks et Singh, puisqu'ils distribuaient et vendaient des cigarettes. C'est bel et bien un point commun. Mais pourquoi un oncologue qui, lui, soigne les cancers ?

— Je reconnais, concéda Ashley, que le lien est moins évident si l'on considère le métier de cancérologue en général. Mais il devient beaucoup plus clair si l'on s'attarde sur Phelps en particulier. Nous avons appris par le directeur de l'hôpital qu'Irvine Phelps négligeait ses patients depuis un certain temps. Des mois, peut-être des années. Le directeur nous a même précisé que Phelps avait commis quelques erreurs de diagnostic dans des cas de cancers du poumon, qui s'étaient ensuite aggravés. Officiellement, quelques erreurs reconnues et conclues par des arrangements financiers, mais peut-être davantage.

— Je vois où tu veux en venir, glissa Shelby en profitant d'une pause dans le récit d'Ashley. Phelps, au lieu d'être reconnu comme un guérisseur, ce qu'il était supposé être, serait plutôt considéré par notre tueur comme l'un des responsables de la propagation des maux liés au tabac, au même titre que ceux qui distribuent et vendent des cigarettes.

— Oui, c'est à peu près ça. Et nos trois victimes ne sont peut-être pas les seules sur sa liste.

— Mais quel est le rapport avec les échecs ? s'enquit Costa.

— Je pense qu'il n'y a pas de lien direct entre le tabac et les échecs, répondit Ashley. Le tabac est l'objet de sa croisade, les échecs sont son mode d'expression. Comme nous le pensions, nous avons probablement affaire à un joueur d'échecs et ce jeu est à la fois son art et sa manière de rendre la justice à ses yeux. Peut-être faudrait-il rencontrer à nouveau Rita Jennings pour lui faire part du troisième meurtre, de nos suppositions, et pour obtenir son avis.

— Je m'en charge, je vais la contacter ! s'empressa de proposer Costa, ce qui provoqua sourires et clins d'œil chez les autres membres de l'équipe d'enquêteurs du White Plains Police Department.

38

Le soir même et le lendemain, la presse se déchaîna à nouveau ; chaque rédaction luttant pour trouver le titre le plus effroyable et le plus vendeur. Et accessoirement, celui qui donnerait le plus de sueurs froides au maire de White Plains puis, par ricochet, aux effectifs de la brigade criminelle, Elias Abraham en tête.

Le capitaine semblait profondément marqué par cette affaire, ce qu'avait remarqué Ashley, surtout depuis l'annonce de la mort du cancérologue. Il encaissait sans broncher les remontrances du maire – lui qui avait d'habitude tendance à tenir tête au premier magistrat de la ville – et, bien que suivant l'enquête de très près, il laissait le champ libre à ses enquêteurs pour mener leurs investigations, sans leur intimer de consignes.

Au bureau, Wolfe et Costa reçurent le mardi après-midi les résultats de l'autopsie pratiquée par Edmonds sur le corps de Vernon Hendricks ;

résultats qu'on aurait pu qualifier de copie au calque de ceux de l'examen pratiqué sur le cadavre du gérant du drugstore. Jointe au document, une note signée par Lance Leroy indiquait que la pièce de jeu d'échecs ayant servi à signer le troisième meurtre provenait du même jeu que les précédentes.

Shelby, quant à lui, s'était porté volontaire la veille pour annoncer la mauvaise nouvelle à l'épouse du directeur d'usine. La veuve s'était littéralement effondrée et Shelby, malgré son tact, son calme et son empathie pour les victimes ou leurs proches, avait eu le plus grand mal à l'apaiser. Soulager la peine d'une secrétaire choquée était une chose, tenter d'amoindrir le chagrin d'une épouse endeuillée en était une autre.

Le mercredi soir, Dino Costa entreprit ce qu'il avait proposé à ses coéquipiers : rencontrer Rita Jennings. Mais pas de la manière dont Ashley et William l'avaient supposé.

En effet, après avoir contacté par téléphone la vice-championne d'échecs aux flamboyants cheveux roux, l'inspecteur lui avait proposé de la retrouver, non pas à la bibliothèque, dans la salle studieuse et quelque peu austère du White Plains Chess Club, mais dans la salle beaucoup plus accueillante et chaleureuse de chez Via Garibaldi, son restaurant-traiteur italien favori.

Dino Costa s'était mis sur son trente-et-un. Costume italien de couleur beige, chemise blanche, cravate marron et manteau en laine de couleur chamois. *Lovely Rita* n'était pas en reste quand elle pénétra dans la salle du restaurant peu après 19h30. Sous un manteau noir, une robe fourreau vert sombre presque assortie à ses yeux, mettait en valeur sa chevelure, plus soyeuse que jamais. Tandis que son maquillage – que certains auraient pu cataloguer d'exagéré, sans être toutefois vulgaire – lissait sa peau et lui conférait le teint de porcelaine qui produisait son effet sur l'inspecteur du WPPD.

Costa se leva, souriant aimablement à Rita, la débarrassa de son manteau et tira sa chaise.

— Merci d'être venue, Rita.

— Merci à vous, inspecteur.

— C'est Dino. Laissons l'inspecteur au placard pour cette soirée.

— D'accord. Disons Dino, alors. C'est italien, je suppose, si je me fie également à votre physique et à cet agréable endroit.

— En effet. Vous êtes très perspicace. Pas étonnant que vous soyez vice-championne d'échecs ! répondit Costa en se rendant compte un peu trop tard que la constatation relevait de l'évidence et que Rita n'avait fait que le taquiner gentiment.

— Et c'est votre véritable prénom ?

— En fait non.

Cette fois, l'inspecteur fut surpris par la question.

— Mon vrai prénom est Valentino, mais…

— Oh, quelle amusante coïncidence : demain, c'est la Saint-Valentin ! Mais excusez-moi, Dino, je vous ai interrompu.

— Euh… oui, reprit Costa en rougissant légèrement. Quand j'étais enfant, tout le monde m'appelait Tino, comme diminutif de Valentino. Puis, ne me demandez pas comment ni pourquoi, c'est devenu Dino à l'adolescence, et c'est resté à partir du lycée puis lors de mon entrée dans la police. Mais promettez-moi de ne le dire à personne, et surtout pas à mes collègues !

Rita éclata d'un rire joyeux et amusé.

— Entendu, Dino. Je garderai ce secret pour moi, et rien que pour moi.

Le serveur apporta des antipasti disposés dans de petites coupelles – fines tranches de charcuteries, dés de fromages italiens, olives, tomates séchées macérées dans l'huile – et Dino et Rita les dégustèrent en évoquant les derniers développements de l'affaire.

D'après Rita, le roi noir, s'il s'agissait bien d'une pièce vaincue comme ils l'avaient supposé pour les précédentes, représentait la fin d'une partie manifestement gagnée par les blancs. Ceci signifiait peut-être que la série de meurtres était terminée.

Mais elle conseilla à l'inspecteur de rester sur ses gardes ; car nul ne pouvait comprendre, et encore moins analyser, l'esprit torturé et malade d'un tueur en série. Ce que Costa approuva.

Puis, quand le serveur amena la salade de pâtes commandée par Rita et la pizza quatre saisons choisie par Dino, ce dernier, ayant épuisé les sujets liés à l'enquête, orienta la discussion vers les échecs en général.

— Alors, comment se passe l'entraînement de Mademoiselle Petrovitch pour ce fameux tournoi ?

— Très bien jusqu'à présent, elle est extrêmement douée. Mais Katerina a souhaité faire une pause pour le prochain week-end. Elle a appris ce matin une mauvaise nouvelle en provenance d'URSS, qui l'a bouleversée.

— Ah bon ?

— Oui, l'écrivain Alexandre Soljenitsyne a été arrêté hier et accusé de haute trahison pour avoir publié son livre *L'Archipel du Goulag*. Il risquait la peine de mort, comme les parents de Katerina il y a peu, mais il a finalement été déchu de sa citoyenneté et expulsé d'URSS ce matin, pour l'Allemagne. Cette nouvelle a rappelé à Katerina l'arrestation de ses parents et leur exil précipité pour notre pays l'année dernière.

— Oh, je suis désolé. J'espère que tout ceci ne remettra pas en cause sa participation au tournoi, ça a l'air de beaucoup vous tenir à cœur à toutes les deux.

— Oui c'est le cas.

Après cet échange, la suite du repas se déroula dans une ambiance plus légère, chacun y allant d'anecdotes sur son parcours.

Lorsqu'il raccompagna Rita à sa voiture aux alentours de 22h00, trois pensées s'imposèrent à l'esprit de Valentino « Dino » Costa. Premièrement, il avait passé une excellente soirée aux côtés de la belle Rita, et il se languissait déjà de la revoir prochainement. Deuxièmement, il avait bon espoir, s'il se fiait à l'analyse de la joueuse, que le tueur au jeu d'échecs cesse sa série de meurtres. Enfin, et c'était peut-être plus important encore, il était reconnaissant envers les forces invisibles qui gouvernaient son existence d'être né de ce côté du globe, sous une bannière étoilée, et non ailleurs, sous un drapeau rouge agrémenté d'une faucille et d'un marteau.

39

En arrivant à la brigade criminelle le lendemain matin, Dino Costa fut matraqué par les questions de ses coéquipiers.

Même Jones et Roberts, depuis leurs bureaux de l'autre côté de la brigade, à proximité de la salle de pause, se joignirent à Ashley et William pour essayer d'extirper à leur collègue des détails – presque des aveux ! – concernant son rendez-vous mi-professionnel, mi-galant avec *Lovely Rita*.

Mais l'inspecteur expérimenté, davantage habitué à poser les questions qu'à y répondre, ne cilla pas et se contenta de leur communiquer uniquement les informations dignes d'intérêt pour faire avancer l'enquête. Il leur fit ainsi part du ressenti de Rita Jennings, qui espérait une pause, ou un arrêt définitif, dans la folie meurtrière du tueur au jeu d'échecs.

Malgré tout, le bon sens intimait aux détectives du WPPD de rester prudents, attentifs, et de ne rien négliger. C'est pourquoi ils dépêchèrent, dans l'heure et à la demande d'Elias Abraham, des officiers dans les rues de White Plains afin d'avertir du danger les gérants des autres drugstores et points de vente de la ville où l'on pouvait se procurer des cigarettes.

D'autres agents furent envoyés auprès des deux autres cancérologues indépendants installés dans des cabinets privés en ville, et de leurs confrères exerçant, comme feu Irvine Phelps, au sein de l'hôpital, pour leur exposer les faits et leur demander d'être tout aussi vigilants que les vendeurs de tabac.

Enfin, une demi-douzaine d'officiers se rendirent à l'usine Crestwood Original avec pour mission, au cours des jours suivants, d'épauler Mike Scottish et de veiller à la sécurité de la cinquantaine d'employés du site de conditionnement.

Comme l'affirmait de manière péremptoire le dicton « la foudre ne frappe jamais deux fois au même endroit » – et surtout s'ils se fiaient aux profils différents des trois victimes – il était peu probable, aux yeux des enquêteurs, que le tueur prenne de nouveau pour cible un commerçant, un oncologue ou un membre du personnel travaillant dans l'usine du cigarettier.

Mais comme cet adage populaire s'avérait finalement inexact – la science avait démontré que la foudre, bien au contraire, avait tendance à suivre les mêmes tracés au cours d'un orage, pour s'abattre sur les mêmes zones – il valait mieux être prévenant et jouer la sécurité.

Et, accessoirement, montrer à la population, à la presse, au maire et au tueur que la traque ne cesserait pas.

Le vendredi en fin de journée, en quittant les locaux du White Plains Police Department, Ashley prit le bus, non pas pour rentrer chez elle, mais en direction de Soundview Avenue ; artère dans laquelle résidait Lincoln Westwood.

— Ashley ! Je suis content de te voir ! clama l'inspecteur retraité en ouvrant la porte.

— Tu offrirais un café à ton ancienne coéquipière préférée ?

— Je te rappelle que je n'en ai eu qu'une seule tout au long de ma carrière ! répondit Lincoln en accompagnant sa répartie d'un clin d'œil amusé. Entre.

Au salon, autour d'un café serré qui n'aurait pas déplu à Dino Costa et assise dans un confortable fauteuil drapé de velours marron, Ashley relata à Lincoln les derniers développements de l'affaire et lui exposa son intuition concernant le lien plus ou moins direct que chaque victime entretenait avec les cigarettes et le tabac.

D'abord circonspect, Lincoln Westwood se laissa finalement séduire par la démonstration et reconnut que l'explication relevait bien du domaine du possible. Ashley décrivit également à son mentor le système de surveillance par caméra installé chez Crestwood Original – Lincoln avait lu dans une revue traitant de science-fiction et d'anticipation que ce type de dispositif, encore récent, se répandrait à coup sûr dans tout le pays dans un futur plus ou moins lointain ; un futur auquel il ne souhaitait pas penser – et partagea avec lui les propos tenus par Rita Jennings à Dino Costa deux soirs plus tôt.

La mention d'un rendez-vous entre Costa et la vice-championne d'échecs, dans le cadre romantique d'un restaurant italien, fit, au passage, beaucoup rire Lincoln.

— Admettons, ponctua l'ancien inspecteur quand Ashley eut terminé son récit. Mais je trouverais étrange que ce tueur mette un terme à sa série de meurtres après s'être donné autant de mal pour dissimuler son identité et avoir mis en scène ses crimes avec cette histoire de jeu d'échecs.

— D'après Rita, le roi noir indiquerait plutôt la fin d'une partie. Le roi vaincu, le jeu s'arrête.

— Une revanche est toujours possible. Même si j'espère me tromper.

— Et si le tueur avait fini de régler ses comptes ? Si nos trois victimes étaient ses seules cibles ?

— Peut-être. Si ces assassinats ont vraiment un caractère personnel, ce qui reste également à prouver. Mais, dans tous les cas, je vois mal ce gars retourner dans son terrier et reprendre le cours de sa vie, comme si de rien n'était. Et ça fait beaucoup de « si », tu ne trouves pas ?

La jeune femme acquiesça en silence, ne pouvant qu'être d'accord avec cette dernière remarque.

— Crois-moi, Ashley, mon expérience et mon sixième sens me disent que ce n'est pas fini.

40

Ashley quitta le domicile de son ami peu avant 20h00, après avoir encore discuté un moment de choses et d'autres, puis avoir délaissé – d'un commun accord – le café pour des Budweiser sorties du réfrigérateur et accompagnées de chips et de cacahuètes.

Il faisait désormais nuit noire et l'obscurité de Soundview Avenue n'était troublée que par un léger brouillard, et par les halos de lumière jaunâtre des lampadaires qui éclairaient les trottoirs et la chaussée à intervalles réguliers. Ashley n'avait pas vu le temps passer et il était maintenant trop tard pour espérer prendre le bus à cette heure tardive ; surtout depuis la suppression de certains d'entre eux et l'instauration du rationnement de l'essence. Pour un vendredi soir, cette partie de la ville était particulièrement calme.

La jeune enquêtrice s'emmitoufla dans son blouson, enfila son bonnet, glissa les mains dans ses poches et débuta la marche qui la ramènerait – en trente à quarante minutes si elle conservait une bonne cadence – chez elle, à l'angle de Mamaroneck Avenue et d'Ethelridge Road.

Détendue par les effets des deux bières qu'elle venait de boire, Ashley se sentait d'humeur presque joyeuse. Elle avait ingurgité davantage de bières en compagnie de ses collègues à White Plains, lorsqu'ils se retrouvaient parfois le soir en dehors des heures de travail chez Walt, qu'au cours de ses années passées à l'école de police de New York ; et elle avait maintenant un peu plus l'habitude de l'impression de chaleur et de relâchement euphorique que cette boisson pouvait provoquer. Effet renforcé par la fatigue et la tension accumulées au cours des semaines précédentes.

Ainsi, pour passer le temps et se donner l'impression d'être moins seule, la jeune femme se mit à fredonner la mélodie guillerette du titre *Kodachrome* de Paul Simon, entendue plus tôt en journée dans les transports en commun. Presque naturellement, elle régla son pas sur le rythme rapide de la chanson.

La circulation automobile était presque inexistante et, quand Ashley approcha de l'extrémité est de Soundview Avenue un instant plus tard, elle fut presque surprise d'apercevoir une voiture s'y engager, symbolisée dans le brouillard naissant par ses deux phares éblouissants.

Le véhicule, *a priori* une grosse berline Chrysler Imperial qui ne semblait pas totalement inconnue à la jeune enquêtrice, accéléra mais le chauffeur sembla lever le pied l'espace d'une seconde en arrivant à hauteur d'Ashley. Ce qui attira son attention. Elle tourna la tête vers la Chrysler mais celle-ci accéléra brutalement et poursuivit sa route.

Sauf si elle avait rêvé, ou si le brouillard, la bière et la fatigue lui jouaient des tours, Ashley avait malgré tout eu le temps de reconnaître le conducteur. Et elle était presque certaine que l'homme l'avait, elle aussi, identifiée au moment où il avait appuyé sur l'accélérateur pour s'éloigner, comme s'il regrettait d'avoir croisé Ashley dans cette rue.

Elle connaissait le chauffeur de la lourde berline. Il s'agissait du capitaine Elias Abraham.

Ashley se souvint que son supérieur se rendait habituellement le vendredi soir à la synagogue Bet Am Shalom, située non loin, pour célébrer le début du shabbat. Mais, de coutume, il s'y rendait en compagnie de Rachel, son épouse, et de sa belle-famille ; le beau-père du capitaine étant le rabbin du lieu de culte. Or, Ashley n'avait aperçu qu'une seule silhouette dans la voiture. Avait-elle rêvé ?

Pivotant sur elle-même, la jeune femme chercha la Chrysler d'Abraham du regard et aperçut les feux arrière, qui diffusaient une lueur rougeâtre sur les véhicules stationnés. S'il s'agissait bien du capitaine, il allait tourner à droite quelques mètres plus loin pour s'engager sur la voie d'accès à la synagogue. Ashley compta mentalement : trois, deux, un.

Mais le conducteur ne freina même pas et continua tout droit sur une distance d'environ deux-cents mètres avant de s'arrêter, de couper le contact et de sortir de la voiture.

En pleine nuit, et avec le brouillard qui s'intensifiait, il devenait difficile de garder ses repères et d'estimer les distances. Cependant, Ashley aurait juré que la Chrysler Imperial venait de se garer devant le domicile de Lincoln Westwood ou, en tout cas, à proximité. Mais elle conclut qu'elle devait se tromper.

Sinon, pourquoi le capitaine Abraham – l'ayant vraisemblablement reconnue – ne s'était-il pas arrêté, ou au minimum ne lui avait-il pas adressé un signe de la main, pour la saluer ?

Ashley décida de ne pas insister. Elle se dit qu'elle était trop fatiguée pour avoir les idées claires et qu'elle avait stupidement confondu son supérieur avec un simple voisin de Lincoln Westwood, qui roulait en Chrysler.

D'ailleurs, était-ce bien une Chrysler Imperial, ou plutôt une Cadillac Sedan DeVille ? Les deux modèles, de véritables paquebots des routes, se ressemblaient beaucoup, et encore plus dans ces conditions. Le doute s'insinua et le souvenir fugace de la voiture remontant la rue faiblement éclairée s'estompa dans son esprit.

La sensation intense de bien-être engendrée dans l'organisme par la bière commençait à disparaître et Ashley, presque maussade un instant, respira profondément et reprit sa marche en retrouvant finalement la mélodie enjouée de *Kodachrome*. Une fois rentrée chez elle, Ashley avait presque oublié le ridicule épisode de cette fin de soirée.

41

« Rita avait raison, Lincoln avait tort » fut la pensée d'Ashley Wolfe lorsqu'elle gara sa Gremlin sur South Lexington Avenue, non loin du bâtiment hébergeant les trois brigades du WPPD, le jeudi 7 mars 1974.

Plus de trois semaines s'étaient écoulées depuis l'assassinat de Vernon Hendricks, directeur de l'usine locale du cigarettier Crestwood Original et dernière victime en date du tueur au jeu d'échecs. Depuis la découverte du corps sans vie de Vajramani Singh, la première victime, jamais un répit aussi long n'avait été accordé aux enquêteurs.

Rita Jennings – dont se languissait l'inspecteur Dino Costa, sans raison valable ou crédible pour la revoir en dehors de l'enquête – avait probablement vu juste. Le tueur, peu importe son identité, avait en apparence mis un terme à sa série de meurtres. S'il restait pour l'instant impuni, aucune nouvelle victime n'était cependant à mettre à son crédit.

De son côté, la presse avait presque oublié l'affaire, préférant se focaliser sur le retour progressif à la normale dans les stations-services de la ville, de l'État et du pays. La conférence des pays consommateurs de pétrole à Washington – qui s'était conclue par la création d'un groupe de coordination énergétique avec un planning de réunions en Europe, à Bruxelles, de mars à novembre 1974 – avait suffisamment mis la pression aux pays membres de l'OPEP ; qui avaient alors orienté le marché vers une baisse raisonnable du prix du baril pour apaiser les tensions internationales.

Dans la foulée, le gouvernement avait d'abord allégé le rationnement de l'essence, avant de le supprimer dans les premiers jours du mois de mars, et Ashley appréciait de pouvoir à nouveau se déplacer au volant de sa petite voiture orange sans craindre de tomber en panne ou de ne pouvoir se rendre le week-end à New York pour rendre visite à ses parents.

L'autre sujet brûlant du moment, dans les colonnes des quotidiens mais aussi parmi les différentes communautés de la ville, était le lancement de la campagne électorale pour le scrutin municipal du mois de mai. À White Plains, le maire Démocrate sortant, Endeavor McLaughlin, briguait un nouveau mandat. Mais il était talonné dans les sondages et intentions de vote par son opposant,

Thomas Mayfield, candidat du Parti Républicain. La saison des meetings politiques destinés à chauffer les foules allait bientôt débuter, avant celle, plus brève, mais déterminante, des débats publics entre les deux hommes. Le maire McLaughlin, tendu et dans une délicate position d'attente, croisait les doigts – peut-être davantage encore que les détectives de la brigade criminelle – pour que le tueur au jeu d'échecs ait réellement décidé de se retirer.

Malgré l'absence de meurtres, la mission des officiers qui assuraient la surveillance de l'usine de conditionnement de cigarettes avait été prolongée pour quelque temps encore, même si leur nombre était passé de six à quatre.

Au cours de ces trois semaines, les enquêteurs reprirent les dossiers des trois victimes à zéro, tentant d'identifier, d'une part, un lien entre Singh et Hendricks et, d'autre part, un lien entre Phelps et Hendricks ; dans l'espoir de mettre à jour un rapport quelconque entre Singh et Phelps, qui leur avait échappé jusqu'à présent. Mais aucun indice concluant n'émergea de ce travail fastidieux et le dénominateur commun entre les trois victimes, celui du tabac, décelé par Ashley, resta le seul résultat obtenu depuis le début de l'affaire. Un résultat resté, malheureusement, sans suite.

Rendue à l'étage par les escaliers, Ashley réalisa rapidement que quelque chose clochait. Le capitaine Abraham et les inspecteurs Costa et Shelby tenaient un conciliabule au centre de la brigade, près des bureaux, et leurs mines étaient graves.

— Ah, Wolfe ! réagit Elias Abraham en apercevant la jeune femme en haut des marches. Joignez-vous à nous.

— Que se passe-t-il, capitaine ? s'enquit Ashley tout en saluant ses deux coéquipiers d'un hochement de tête.

— Je viens de recevoir un appel de la mairie. Nous sommes attendus en urgence pour un rendez-vous avec Endeavor McLaughlin.

— Ah ? Il s'inquiète de notre manque de résultat ?

— Non, McLaughlin a reçu une lettre accompagnée d'une photo. Il a découvert le tout dans sa boîte aux lettres hier soir, glissé dans une enveloppe sans inscription, en rentrant chez lui après une réunion à son QG de campagne.

— Une lettre et une photo ? Une nouvelle affaire de chantage sur fond de scandale sexuel ?

— Non. Il s'agit d'une menace de mort. Et… de la photo d'une tour blanche, debout sur un échiquier. Le texte contient tout un charabia à propos des échecs, mais ni le maire, ni son directeur n'y comprennent le moindre mot.

Ashley resta sans voix.

— McLaughlin veut nous les montrer avant de les envoyer pour analyse à Leroy et Springfield.

— Vous pensez que c'est l'œuvre de notre tueur ? demanda William Shelby Jr. Si c'est le cas, ça dénote un changement d'approche de sa part. Jusqu'à présent, il n'a jamais prévenu ses futures victimes avant de frapper. Au contraire, son mode opératoire était largement basé sur l'effet de surprise.

— C'est peut-être une mauvaise blague provenant d'un électeur Républicain, renchérit Dino Costa d'un ton caustique.

— Une tour blanche, intervint à son tour Ashley, ça pourrait être le début d'une nouvelle partie ?

— Je n'en sais rien, coupa le capitaine. Ne perdons plus une seconde, direction la mairie.

42

Érigé en 1788 lors de la création de ce qui n'était encore qu'un village au nord de New York, puis rénové et largement agrandi quelques décennies plus tard, lorsque White Plains était devenue une ville, la mairie était un imposant bâtiment rectangulaire à quatre niveaux situé au 255, Main Street.

Le premier niveau, dont les quelques fenêtres de taille modeste étaient à raz de la rue, n'était en réalité qu'un étage de soubassement à moitié enterré en sous-sol ; tandis que le véritable rez-de-chaussée de l'hôtel de ville, construit en pierre blanche, s'offrait au public en haut d'une grosse vingtaine de marches en pierre grise. Entourée de cinq fenêtres à guillotine à gauche et à droite, une double porte en bois permettait d'y pénétrer.

Les deux étages supérieurs, édifiés en brique rouge, prenaient la forme d'une partie centrale – flanquée, côté rue, d'un balcon et de huit colonnes en pierre blanche se dressant sur toute la hauteur des deux niveaux – et de deux ailes. Trente-deux fenêtres cerclant chaque étage garantissaient un éclairage naturel et constant pour chaque bureau occupé par les services administratifs de la ville, et un toit plat, entouré d'une balustrade continue, achevait de conférer à la structure son aspect majestueux et officiel.

Dino Costa, qui avait pris le volant, gara la Ford Maverick marron sur le parking réservé aux visiteurs. Elias Abraham émergea de la voiture par le côté passager. À l'arrière, Ashley Wolfe et William Shelby Jr. claquèrent leurs portières presque simultanément et hâtèrent le pas pour suivre Costa et le capitaine. Comme dans une scène digne d'un western dont l'histoire aurait pris place cent ans plus tôt, ils gravirent les marches de l'hôtel de ville à quatre de front ; armes de service et plaques du WPPD à la ceinture, et masque grave de circonstance sur le visage.

L'intérieur de la mairie témoignait esthétiquement, ajout après ajout, des différentes époques traversées par l'édifice depuis sa construction. Ainsi, les murs lambrissés avec goût d'un bois sombre au cours du dix-neuvième siècle cohabitaient, dans le hall en tout cas, avec quelques sièges en plastique moulé orange, totalement contemporains du maire actuel de White Plains.

Abraham annonça la visite de la brigade criminelle à la jeune femme assise derrière le guichet d'accueil, puis ils patientèrent quelques minutes, assis dans les sièges en plastique, en écoutant le bruit de fond incessant formé par le martèlement des touches de machines à écrire et par les discussions qui s'échappaient des bureaux du rez-de-chaussée.

Descendant en quatrième vitesse de l'escalier menant au premier étage, et au bureau d'Endeavor McLaughlin, le directeur du cabinet du maire vint saluer les quatre visiteurs en échangeant des poignées de main.

— Conrad Hammersmith, directeur de cabinet, se présenta l'homme vêtu d'un costume gris à la tenue impeccable.

Shelby, qui n'avait jamais aperçu ou rencontré Conrad Hammersmith depuis son arrivée à White Plains, nota l'incongruité, vu la raison de leur présence, du sourire politique de façade qui ne devait jamais quitter le visage de l'homme. Dans le Massachusetts comme dans l'État de New York, ce sourire engageant, qui ne dupait presque personne, était le même.

— Monsieur McLaughlin est au téléphone avec son directeur de campagne. Je vais vous accueillir dans mon bureau pour vous montrer ce que le maire a reçu et il nous rejoindra ensuite.

— Monsieur le maire a combien de directeurs à sa disposition ? ne put s'empêcher de formuler à voix haute l'inspecteur Costa, faisant vaciller un instant le sourire d'Hammersmith.

— Euh… suivez-moi, balbutia le directeur de cabinet pour toute réponse.

Les représentants du White Plains Police Department emboîtèrent le pas de leur interlocuteur dans le monumental escalier.

43

Le bureau de Conrad Hammersmith jouxtait celui du maire et une porte capitonnée, actuellement fermée, assurait la communication entre les deux pièces. Malgré l'épaisseur des murs et le capitonnage de la porte, les enquêteurs purent entendre McLaughlin s'emporter au téléphone dans la salle adjacente. Si le candidat à sa propre succession avait informé son directeur de campagne de la lettre de menace de mort reçue, ce dernier était peut-être en train d'essayer de convaincre McLaughlin de renoncer à ses premiers meetings électoraux.

Endeavor McLaughlin, sous des airs d'aimable Démocrate, était réputé pour avoir les dents longues, tout en étant un bon maire pour White Plains et ses habitants. Et même si, récemment, certains pensaient que ces dents étaient émoussées, le maire montrait qu'il avait encore suffisamment de mordant et de répondant pour s'imposer. Même – et surtout – face à ses conseillers. Après tout, malgré ses cheveux blancs, McLaughlin n'avait que cinquante-cinq ans, âge auquel se révélaient parfois des hommes politiques d'envergure.

Conrad Hammersmith regagna son fauteuil et les détectives prirent place face à lui, de l'autre côté d'un large bureau patiné par les années.

— Voici les documents, annonça sobrement le directeur de cabinet en sortant une enveloppe kraft d'un tiroir de son bureau.

Par documents, il parlait de la lettre et de la photo envoyées à Endeavor McLaughlin. Il ouvrit l'enveloppe et fit glisser le contenu sur le sous-main en cuir usé qui recouvrait le centre du bureau. Abraham, Costa, Wolfe et Shelby eurent le réflexe d'enfiler des gants jetables avant de poser leurs mains sur la missive et le Polaroid.

— Oh, ce n'est peut-être pas utile, intervint Hammersmith. Monsieur le maire et moi-même n'avons pas pensé à mettre des gants pour les manipuler. Vous y trouverez donc naturellement nos empreintes.

— Naturellement ! railla Dino Costa.

— Entendu, soupira Elias Abraham. Mais c'est inutile d'en ajouter d'autres.

Le capitaine s'empara d'abord de la lettre, la lut avec attention et l'examina avant de la faire passer à son équipe. Puis il observa le cliché, qui passa ensuite par les mêmes mains gantées.

Le texte de la lettre, tapé à la machine à écrire sur une feuille blanche de format standard, sans filigrane, ni entête, ni autre signe distinctif était le suivant : « *Les noirs ont perdu la partie précédente mais ils ont droit à leur revanche. Dans ce nouvel affrontement, le moment est venu pour les blancs de pratiquer un roque, un petit roque, pour mettre leur roi à l'abri. Ce dernier se déplace de E1 en G1 puis la vaillante tour blanche passe de H1 en F1. Votre vie va bientôt s'arrêter, monsieur le maire, mais la partie continuera.* »

— L'identité de la personne ciblée ne fait aucun doute, affirma Conrad Hammersmith. Mais pour le reste, nous n'y comprenons rien.

— N'ayez aucune crainte à ce sujet, Monsieur Hammersmith. Nous ferons lire cette lettre à une consultante experte des échecs. Elle saura y voir clair.

— Merci capitaine. Je veillerai à ce qu'on vous fournisse un double de ce torchon dans la journée avant d'envoyer cet exemplaire aux techniciens de l'institut médico-légal.

— Bien. S'il y a quelque chose à détecter sur cette feuille, Lance Leroy et Shannon Springfield sauront le trouver. Monsieur le maire et vous pouvez compter sur eux.

Hammersmith acquiesça de son sourire politique tandis que l'attention des enquêteurs se reporta sur le Polaroid. Le cliché, légèrement flou, montrait en gros plan une tour blanche posée sur un échiquier. Le cadrage était resserré de manière à ne révéler aucun élément ou détail du lieu où la photo avait été prise. La tour, à la différence notable de sa couleur, semblait au premier abord provenir du même jeu que les pièces laissées par le tueur sur les trois scènes de crime. Sous sa base, on distinguait en effet le disque de feutrine verte caractéristique.

— Quand cette photo sera passée par les mains de Leroy, nous la montrerons également à Rita Jennings, commenta le capitaine Abraham davantage pour les détectives que pour Conrad Hammersmith.

44

Le fracas d'une chaise traînée sans précaution sur le parquet dans le bureau voisin fit sursauter tout le monde, puis la porte capitonnée s'ouvrit brusquement.

— Et merde ! Putain ! Je n'avais vraiment pas besoin d'un bordel pareil à deux mois des élections ! vociféra Endeavor McLaughlin en pénétrant vivement dans le bureau de son directeur de cabinet, et avant même d'apercevoir les enquêteurs de la brigade criminelle, alignés sur leurs chaises, qui le regardaient fixement.

Le visage rouge de colère de McLaughlin tranchait avec ses cheveux blancs coiffés en brosse quasi militaire. Puis, renouant immédiatement avec une maîtrise de soi tout à fait crédible et adoptant le même sourire artificiel qu'Hammersmith – ou que le Président Richard Nixon lors de ses allocutions télévisées – le maire reprit la parole, d'une voix posée.

— Oh, c'est vrai, nous avons la visite de l'élite de la police. Veuillez m'excuser pour ce débordement, mais vous comprendrez que je suis un peu sur les nerfs en ce moment, et encore plus depuis hier soir.

— Bonjour monsieur le maire, saluèrent le capitaine et ses subalternes.

— Capitaine Abraham, inspecteur Costa, officier Wolfe, ravi de vous revoir. Inspecteur Shelby, c'est bien ça ? Enchanté de vous rencontrer. J'ai entendu le plus grand bien vous concernant.

Ashley constata avec une pointe de fascination que l'animal politique débiteur d'amabilités était de retour, au moins en apparence, après ce bref énervement par ailleurs justifié. Puis McLaughlin en vint sans détour au vif du sujet.

— Je ne peux tolérer d'être menacé de la sorte dans ma ville, mais je vais assurer mes meetings de campagne comme prévu. Capitaine, vos hommes seront-ils à la hauteur pour assurer ma protection face à ce cinglé ? Ou dois-je faire appel au FBI, à la Police d'État, ou à qui sais-je encore ?

— Nous veillerons à votre sécurité, monsieur le maire. Ma brigade et l'ensemble des officiers du WPPD seront présents à vos côtés.

— Bien. Ravi de l'entendre, capitaine.

— Mais… monsieur le maire…, osa Conrad Hammersmith derrière son bureau. Ne serait-il pas préférable d'annuler ou de repousser au moins le premier meeting de mercredi prochain ?

— Écoute, Conrad. Bryant vient déjà de me bassiner avec ça au téléphone. Tu ne vas pas t'y mettre aussi ? Je n'ai pas envie de finir au cimetière comme Mark Peacock, mais je ne veux pas non plus passer pour un faible ou un couard auprès de mes électeurs. Pas avec Mayfield qui me talonne dans les intentions de vote.

Puis, se tournant vers Elias Abraham et ses enquêteurs :

— Messieurs, madame, je compte sur vous et sur la police de cette ville pour trouver ce malade mental et son foutu jeu d'échecs avant mon premier meeting, ou pour l'empêcher de nuire le jour J. Faites votre travail. Je ferai le mien et je remporterai cette élection.

Tous acceptèrent la mission sans broncher. Y compris Dino Costa, qui s'abstint pour une fois de faire part à ses collègues et au maire d'une remarque désobligeante et acide dont il avait le secret.

— Ceci étant réglé, reprit McLaughlin d'un air conquérant, d'autres obligations m'attendent. Je vais vous laisser aux bons soins de Conrad. Vous verrez les détails avec lui, et je vous dis à mercredi prochain.

— Un instant, monsieur le maire. S'il vous plaît. J'ai une question à vous poser.

Les regards de tous les hommes présents dans la pièce se tournèrent vers la seule femme du groupe, l'officier détachée Ashley Wolfe. La théorie de la jeune femme n'avait pas encore quitté le microcosme de la brigade criminelle et Ashley souhaitait vérifier quelque chose.

— Je vous écoute, Wolfe, mais faites vite.

— Merci, monsieur le maire. C'est peut-être primordial pour l'enquête, et donc pour appréhender le tueur au jeu d'échecs.

— Venez-en aux faits.

— Oui. Avez-vous un lien quelconque avec les cigarettes, le tabac, ou l'industrie du tabac en général ?

— Qu'est-ce que ça veut dire, officier ?

— Je vous en prie, c'est important.

Endeavor McLaughlin porta la main à son menton, dans une posture manifestant une profonde réflexion de sa part.

— Je vous en prie, c'est important.

— Eh bien… je n'ai jamais fumé, si c'est ce que vous souhaitez entendre. Mais quel est le rapport avec ces menaces de mort et avec ce détraqué ?

— Rien d'autre ? En êtes-vous certain ?

Une lueur inédite s'alluma dans les yeux du maire après quelques secondes, suivie d'une expression où se mêlaient stupéfaction et peur. Il venait de penser à Vernon Hendricks, le directeur assassiné de l'usine Crestwood Original.

— En y réfléchissant bien, il y a peut-être quelque chose en rapport avec cette affaire. J'ai… j'ai autorisé la vente du terrain qui a permis l'installation de l'usine d'emballage de Crestwood Original à White Plains.

Ashley et ses coéquipiers échangèrent un regard qui ne nécessitait aucune parole.

— Mais que pouvais-je faire d'autre ? ajouta Endeavor McLaughlin. Il y avait une cinquantaine d'emplois à la clé et cette usine a servi de locomotive pour l'extension de notre parc industriel !

Le premier magistrat de White Plains semblait avoir vieilli de dix ans en l'espace de quelques secondes. La menace de mort à son encontre venait de s'inscrire dans un dessein beaucoup plus grand que ce qu'il avait imaginé et l'épreuve qui l'attendait était d'une toute autre nature que la joute politique face au candidat Républicain Thomas Mayfield.

45

Le lendemain, vendredi 8 mars, la presse locale consacra ses gros titres à l'annonce du premier meeting de campagne du maire sortant, Endeavor McLaughlin, programmé pour le mercredi suivant en fin de journée ; soit deux jours avant celui de son opposant, Thomas Mayfield.

En deuxième page du *White Plains Herald*, un nouveau sondage annonçait les candidats McLaughlin et Mayfield au coude à coude dans les intentions de vote à deux mois du scrutin, avec un avantage de 0,4% pour le maire Démocrate. Autant dire : rien du tout.

En cette veille de week-end, l'actualité politique éclipsait totalement des esprits le peu d'intérêt qui était encore accordé, presque un mois après le dernier meurtre, au tueur au jeu d'échecs et à ses victimes. Sauf, bien entendu, chez les enquêteurs du White Plains Police Department.

Shannon Springfield appela la brigade le vendredi matin – Ashley décrocha – pour informer les détectives que la lettre et la photo reçues par le maire ne comportaient que deux jeux d'empreintes digitales. Comme prévu, il s'agissait de celles de McLaughlin et d'Hammersmith.

D'après Lance, la machine à écrire utilisée pour taper le texte était une vieille Underwood datant du début des années quarante, comme on pouvait en trouver des dizaines chez les antiquaires ou chez les prêteurs sur gage. Le papier utilisé était tout à fait courant et pouvait provenir de n'importe quelle papeterie.

Les lettres E, R et M, si on leur prêtait un regard attentif, présentaient une usure marquée à chaque frappe sur le papier et Lance pensait pouvoir identifier la bonne machine à écrire parmi d'autres si on lui en donnait l'occasion, comme lors d'un tapissage de suspects. Ashley pensa que ce type était vraiment bluffant.

Quant au Polaroid, il avait été réalisé d'après un film couleur standard commercialisé en masse depuis le printemps 1972, et n'avait rien appris d'utile au technicien.

Ashley témoigna sa reconnaissance auprès de son amie pour les informations fournies, et lui demanda de remercier Lance de sa part avant de raccrocher. Puis la jeune enquêtrice partagea avec

Elias Abraham des derniers développements, avant de faire un rapide point téléphonique sur le dossier avec le directeur du cabinet du maire.

Le samedi après-midi, les inspecteurs Costa et Shelby se rendirent à la bibliothèque publique de la ville pour y consulter Rita Jennings. Ashley préféra, après avoir demandé l'autorisation au capitaine, se rendre à New York pour passer le week-end avec ses parents. Aucun nouvel élément n'avait été mis en lumière dans l'affaire et un peu de recul lui ferait probablement le plus grand bien avant une semaine qui s'annonçait délicate et tendue pour les effectifs de la brigade.

Rita Jennings, très heureuse de revoir l'inspecteur Costa dans les murs du White Plains Chess Club, consacra un peu de temps aux deux hommes lors d'une pause au milieu d'une nouvelle partie endiablée qui l'opposait, comme chaque samedi ou presque, à Katerina Petrovitch. Elle leur apprit que le roque était un déplacement spécial, pratiqué en un seul coup, d'une des deux tours et du roi, qui permettait de mettre ce dernier à l'abri et qui offrait également la possibilité de mobiliser rapidement la tour déplacée pour les coups suivants.

Son interprétation, en transposant le roque au cadre de l'enquête, était que le roi correspondait, logiquement, au maire de White Plains et que la tour représentait son entourage ou la police. En quelque sorte, le texte de la lettre anticipait ce que la menace de mort avait contraint Endeavor McLaughlin de faire : avoir recours aux forces de l'ordre et se protéger derrière elles.

Mais dans quel but ? L'avertir de quelque chose qui avait échappé aux enquêteurs ? Ou, plus vraisemblablement, afin de lui tendre un piège ?

Dans tous les cas, dans le drame qui se jouait en coulisses, le tueur au jeu d'échecs gardait, au minimum, un coup d'avance sur les détectives ainsi que le contrôle incontestable de la partie.

46

Le mercredi 13 mars 1974 arriva très vite, tant pour les enquêteurs de la brigade criminelle du WPPD que pour l'équipe de campagne d'Endeavor McLaughlin.

Mais pour le grand public, qui ignorait tout des risques encourus par leur maire, le premier meeting en vue des élections municipales du mois de mai représentait un événement à ne pas manquer, sur place ou dans la presse.

Symboliquement, McLaughlin et son entourage avaient choisi une salle située non loin de l'hôtel de ville, sur City Place. Le White Plains Performing Arts Center était une sorte de théâtre moderne ouvert à tous types d'expressions artistiques – lecture de textes d'auteurs maudits ou oubliés, concerts de groupes de rock locaux, expositions de peintures et sculptures, ou encore prestations scéniques fortement inspirées par l'univers pop d'Andy Warhol – fréquenté essentiellement par un public de jeunes adultes, d'enseignants et d'intellectuels.

Il s'agissait de la cible électorale du jour, déterminée par Reggie Bryant, l'efficace directeur de campagne du maire. Et afin de ne laisser aucun électeur potentiel de côté, les meetings suivants, trois et huit jours plus tard, se tiendraient à proximité d'une maison de repos pour personnes âgées, puis du parc industriel de la ville. À condition, bien sûr, que le candidat Démocrate aux élections municipales soit toujours vivant à ces dates.

La salle principale du Performing Arts Center, un auditorium flambant neuf, contenait un peu plus de six-cent-cinquante places assises, strapontins non compris. Le meeting devait débuter à 19h00, mais les portes avaient été ouvertes au public dès 17h30, alors que le soleil regagnait doucement l'horizon après une agréable journée annonçant le printemps imminent.

À vingt minutes de la montée d'Endeavor McLaughlin sur scène, les rangées de sièges étaient largement remplies et les strapontins commençaient à se déplier pour les derniers arrivants.

Reggie Bryant avait soigné le moindre détail dans la mise en scène du meeting et du candidat. De jolies bénévoles souriantes offraient des stylos, des badges et des fanions en papier aux couleurs du Parti Démocrate et de McLaughlin à l'entrée de la salle ;

tandis que, pour séduire le public jeune et chauffer l'assistance avant l'arrivée du maire, l'installation audio de la salle, composée de matériel hi-fi dernier cri, diffusait une compilation de chansons de Led Zeppelin. Ashley circulait parmi les fauteuils des premiers rangs en scrutant les visages quand le titre *No Quarter*, mi-planant mi-électrique, débuta. L'ambiance rappela à la jeune femme le concert du groupe au Madison Square Garden de New York, auquel elle avait assisté l'année précédente, en juillet, le temps d'un week-end de répit au cœur de l'affaire de l'éventreur de White Plains.

La musique, les lumières pointées vers le pupitre au milieu de la scène et la foule compacte donnaient à ce début de soirée des allures de meeting présidentiel, à rendre Richard Nixon et George McGovern envieux.

Derrière le rideau, où la musique était quelque peu étouffée par l'épaisse étoffe rouge, les derniers préparatifs battaient leur plein. Un traiteur courait dans tous les sens pour conditionner les jeunes gens qui distribueraient les petits fours et les boissons à la fin du meeting.

Le capitaine Elias Abraham avait confié aux inspecteurs Robert Jones et John Roberts la responsabilité de superviser les officiers présents dans la salle parmi le public – la plupart en civil, d'autres en uniforme – et les deux inspecteurs communiquaient par radio avec leurs hommes depuis l'arrière de la scène. Même si des portraits-robots reprenant l'apparence du tueur lors des deux derniers crimes avaient été distribués aux officiers pour les aider à identifier toute personne suspecte et ressemblante, la consigne de McLaughlin et de Bryant avait été absolument claire : les forces de l'ordre devaient se fondre dans la masse, être discrètes et ne pas affoler le public.

La menace de mort contre le maire n'avait pas fuité dans la presse et il fallait que le meeting se déroule sans accroc. La réussite du lancement de la campagne du candidat en dépendait. Dans le même ordre d'idée, Reggie Bryant s'était opposé à une fouille systématique à l'entrée du Performing Arts Center – malgré le risque encouru – préférant compter sur le sens de l'observation et la sagacité des policiers.

Dans une grande loge aménagée en coulisses, Endeavor McLaughlin s'entretenait avec son directeur de campagne ; tout en se faisant maquiller et coiffer, sans y prêter attention, par une jeune femme prénommée Heather. Ensemble, les deux hommes revoyaient la liste des points à aborder et des promesses électorales à présenter à l'auditoire du jour : construction d'une scène en plein air à Gedney Park, soutien aux nouvelles formes de culture et aux arts reconnus ou alternatifs, création d'une bourse pour les étudiants défavorisés, et autres mesures susceptibles de capter le vote de la jeune génération, celle d'Ashley Wolfe.

Près de l'homme politique et de son conseiller, le chauffeur du maire, Oscar Serrano, se tenait prêt pour son unique mission de la soirée : exfiltrer et raccompagner chez lui Endeavor McLaughlin dès qu'il lui en formulerait la demande, à l'issue de sa prestation publique ou du cocktail post-meeting.

Enfin, tapie dans un angle de la loge, la garde rapprochée du maire, constituée du capitaine Elias Abraham et des inspecteurs Dino Costa et William Shelby, veillait au bon déroulement des opérations et à neutraliser la moindre menace visant le premier magistrat de White Plains.

Le moment venu, le rôle de Costa et de Shelby serait d'accompagner le maire de l'autre côté du rideau, puis à se poster à quelques mètres de lui, chacun à une extrémité de la scène. Quant au capitaine – qui, lui, espérait rester derrière le rideau pendant toute la durée du meeting et ne pas avoir à remplir la mission lui étant confiée – il s'agirait, si nécessaire, d'aider McLaughlin à quitter les lieux en urgence, ou à l'évacuer en cas de drame.

Sur la scène du White Plains Performing Arts Center, la musique s'était tue un instant et Reggie Bryant s'était installé au pupitre. Il était 18h58. Le directeur de campagne harangua la foule, la fit applaudir et acclamer leur poulain. La salle scandait le nom du maire à l'unisson.

De l'autre côté du rideau, Endeavor McLaughlin était remonté à bloc et semblait avoir repris toute l'assurance qu'il avait brièvement perdue, une semaine plus tôt, lorsqu'il avait découvert la lettre d'avertissement rédigée par le tueur au jeu d'échecs. S'il était stressé, l'homme politique n'en laissait rien transparaître. Ses traits étaient impassibles, totalement neutres.

Quand Reggie Bryant cria « je vous demande d'accueillir votre candidat, l'homme de la situation, le présent et l'avenir de White Plains : le maire Endeavor McLaughlin ! », l'homme politique échangea un bref regard avec Costa et Shelby. La batterie percutante et l'harmonica de l'introduction du titre *When the Levee Breaks* retentirent dans la salle, mêlée aux ovations du public.

Puis McLaughlin se faufila à travers le rideau, sourire charmeur instantanément plaqué sur le visage, suivi comme son ombre par les deux inspecteurs de la brigade criminelle.

47

Les vivats de la foule redoublèrent dans l'auditorium quand Endeavor McLaughlin écarta le rideau et apparut au centre de la scène. La clameur rivalisait sans la moindre difficulté avec la musique, galvanisant instantanément le candidat Démocrate. Arpentant l'espace scénique de gauche à droite, puis de droite à gauche, McLaughlin salua ses électeurs en tendant les bras vers les premiers rangs ou en serrant les poings l'un dans l'autre au-dessus de sa tête.

Puis un technicien baissa progressivement le volume de la musique depuis la régie et le maire rejoignit son directeur de campagne derrière le pupitre. Les deux hommes échangèrent une longue et virile poignée de main pendant les dernières acclamations, et Reggie Bryant s'éclipsa en adressant un discret hochement de tête à Dino Costa et William Shelby. Les deux inspecteurs, depuis leur poste d'observation privilégié, n'avaient pas perdu une miette du spectacle.

McLaughlin s'empara du micro et ses premiers mots furent pour gratifier l'assistance. « Votre présence me fait chaud au cœur ! », « Ensemble, nous remporterons cette élection ! » et autres formulations bien senties flattèrent et remercièrent le public pour sa parfaite ovation.

Ashley circulait dans la zone située entre la scène et les premiers rangs de la salle pendant que le maire commençait à énumérer les réalisations de son mandat actuel ; chacune d'entre elles ponctuée par une nouvelle salve d'applaudissements. Sur le qui-vive, la jeune femme échangeait de brefs regards avec ses collègues officiers disséminés parmi l'assemblée. En longeant les extrémités des rangées de sièges, Ashley tentait d'observer les visages plongés dans une obscurité presque totale, sur lesquels se reflétaient à peine les lumières dirigées vers la scène et vers le pupitre.

Sur scène, côté cour pour l'un et côté jardin pour l'autre, Shelby et Costa entendaient le discours du maire, mais n'y portaient aucune attention. Comme Ashley, ils essayaient de parcourir la foule du regard, mais l'éclairage les en empêchait. Tout ce qu'ils pouvaient distinguer était la silhouette d'Ashley, en jean, blouson de cuir et cheveux attachés, qui déambulait çà et là.

Enfin, le capitaine Abraham, glissant régulièrement un discret coup d'œil entre les deux pans du rideau, comptait avec appréhension depuis les coulisses chaque minute le séparant de la fin du meeting.

Au centre de cet important dispositif policier, les habitants de White Plains, plongés dans le discours de leur candidat et venus en famille, étaient totalement étrangers à la tension qui régnait pourtant en chaque point du Performing Arts Center.

Endeavor McLaughlin acheva la présentation de son bilan – « personne d'autre n'aurait su développer White Plains comme je l'ai fait au cours de ces dernières années » – avant de se désaltérer au moyen d'une bouteille d'eau posée au coin du pupitre. Son front luisait sous l'effet des projecteurs et il passa, nerveusement et plusieurs fois, une main dans ses cheveux courts avant de reprendre son discours avec la liste de ses projets et promesses.

Ashley avait, à ce moment précis, les yeux braqués vers McLaughlin et elle interpréta ces mouvements presque involontaires comme une manifestation du stress qui devait de nouveau habiter le candidat. L'instant d'après, l'orateur glissa un doigt dans son col pour desserrer légèrement sa cravate, tout en continuant à s'exprimer.

Ashley quitta le côté droit de la salle et passa à nouveau devant les premiers rangs pour se diriger vers l'aile gauche. Elle l'avait déjà fait plusieurs fois, mais elle parcourut de nouveau du regard les personnes assises aux trois premières rangées, en s'arrêtant une seconde sur chaque visage.

La plupart étaient jeunes et il y avait un peu plus d'hommes que de femmes. Les Blancs étaient majoritaires, mais les Noirs et les Hispaniques avaient également répondu présents à l'appel du candidat Démocrate, ouvert à toutes les communautés et soucieux de leur bien-être.

Ici, un homme barbu en veste de velours – l'apparence caractéristique d'un enseignant universitaire – ne perdait pas un mot sortant de la bouche de McLaughlin. Là, une jeune femme partageait son attention entre la scène et le petit garçon assis à ses côtés ; manifestement trop jeune pour s'intéresser à la politique. Plus loin, un trentenaire aux cheveux blonds peignés sur le côté prenait des notes dans un petit carnet. Ashley savait que, mis à part les policiers, les autres professionnels à ne jamais quitter leur précieux carnet, étaient les journalistes. Au deuxième rang, quelqu'un portait des lunettes de soleil, mais la pénombre ne permettait pas d'apercevoir avec précision ses traits. Plus loin encore, une femme à la large carrure coiffée d'un chapeau volumineux empêchait les personnes assises derrière elle de voir correctement McLaughlin.

Des lunettes de soleil. Pourquoi porter des lunettes de soleil dans une salle obscure ?

L'information éclata comme une bulle dans l'esprit d'Ashley avec quelques secondes de décalage. L'enquêtrice recula de plusieurs pas, en essayant de prendre un air le plus naturel possible, et observa de nouveau le visage aux lunettes noires. Contrairement à ses voisins, il était grave et fermé et ne semblait pas partager la communion qui avait envahi l'auditorium. Encadré de cheveux bruns mi-longs, et à une distance de quelques mètres, il paraissait artificiel ou androgyne.

Malgré sa discrétion, Ashley vit le visage aux lunettes de soleil se tourner vers elle et se crisper dans un rictus évoquant autant la colère que la panique. Un déplacement dans la première rangée dissimula brièvement la personne aux yeux d'Ashley, mais elle eut le temps de voir apparaître comme par magie un sac en tissu sur ses genoux.

Dont émergea aussitôt un pistolet.

48

— Attention ! hurla Ashley en se glissant entre les deux premiers rangs et en bousculant leurs occupants soudainement ahuris.

Mais il était trop tard. La silhouette se dressa, ajusta son arme – un petit calibre – et tira vers la scène. Le mot d'alerte prononcé par Ashley ainsi que la détonation du pistolet, suivie par l'horrible bruit de larsen de la chute du micro des mains du maire, provoquèrent immédiatement des cris et un mouvement de foule paniquée parmi les premières rangées de la salle.

Ashley tourna la tête en direction du pupitre en même temps que se levaient les officiers présents dans l'auditorium. Endeavor McLaughlin avait stoppé net son discours et les deux inspecteurs, qui avaient entendu à temps l'avertissement de leur coéquipière, avaient fondu sur le maire pour le plaquer au sol. Les trois hommes étaient allongés entre le pupitre et le rideau, d'où avait surgi Elias

Abraham, et du sang commençait à maculer l'un des costumes, sans qu'Ashley, de sa position, ne puisse identifier lequel parmi l'enchevêtrement de manches, de jambes et de cravates.

Ne pouvant en faire davantage pour eux, Ashley se tourna à nouveau vers la personne qui, au milieu de la rangée, avait fait feu sur le candidat. S'il s'agissait du tueur au jeu d'échecs, il venait de mettre sa menace à exécution en passant à travers les mailles du filet ; et quel que fût celui des trois hommes qui avait été touché, il fallait absolument, et une fois pour toutes, arrêter ce fou dangereux.

Mais la silhouette s'était déjà volatilisée, abandonnant son arme au sol, devant son siège. Tant bien que mal, Ashley se faufila jusqu'au fauteuil inoccupé et indiqua à un officier qui accourait vers elle de récupérer le pistolet qui, cette fois, n'était pas équipé d'un silencieux. À côté de l'arme reposait une pièce de jeu d'échecs couchée sur la moquette : le roi blanc.

Puis, en s'efforçant de ne pas perdre pied malgré une situation qui lui échappait, Ashley balaya la salle du regard au moment où la lumière s'alluma. Elle entendit dans sa radio les inspecteurs Jones et Roberts ordonner aux officiers de bloquer les issues.

Ashley pria pour que les portes soient fermées à temps, tout en remontant de quelques rangées et en continuant à chercher la silhouette du regard. L'assistance disciplinée avait cédé la place à une horde apeurée et incontrôlable. Le tueur avait bien calculé son coup pour se fondre dans la masse et s'enfuir en profitant du chaos.

Puis elle l'aperçut enfin. La silhouette aux cheveux bruns et aux lunettes de soleil – apparemment mince et filiforme sous des vêtements noirs plutôt amples – s'était glissée au sein d'un groupe d'une quinzaine de personnes qui jouaient des coudes, sept ou huit rangées plus haut, afin de quitter l'auditorium et de rejoindre le hall.

Au même moment, la voix de Reggie Bryant, le directeur de campagne de McLaughlin, résonna dans les haut-parleurs. L'homme recommanda d'abord au public de ne pas céder à la panique, de s'apaiser et de regagner les sorties dans le calme, sans bousculades. Il annonça ensuite que le meeting était écourté suite à ce qu'il désigna comme étant un incident – un bel euphémisme politique – et remercia chaque participant d'être venu soutenir le candidat.

Ashley ne cria pas au tireur de s'arrêter. Elle voulait absolument éviter d'alerter le fugitif, qui lui tournait pour l'instant le dos, et chercha plutôt à tourner la situation à son avantage. Bloquée par les nombreuses personnes qui obstruaient et remontaient les allées de chaque côté, la jeune femme bondit sur un fauteuil puis enjamba les rangées en sautant de dossier en dossier, tel un équilibriste, sous des dizaines d'yeux ébahis. Par deux fois, elle perdit l'équilibre et manqua de tomber entre deux rangs de sièges, avant de se rattraper *in extremis* et de poursuivre sa course.

Ashley était presque arrivée en haut de l'auditorium quand les attroupements se fluidifièrent. Le groupe abritant malgré lui le fuyard approchait rapidement et dangereusement de la porte conduisant au hall du White Plains Performing Arts Center.

Ashley comptait sur les officiers qui venaient de fermer les sorties pour retenir tout le monde dans le hall. Mais elle avait le tueur au jeu d'échecs dans sa ligne de mire et ne voulait pas prendre le risque de le voir se fondre à nouveau dans la foule.

Trois ultimes bonds permirent à la jeune femme de laisser les sièges derrière elle et de rejoindre sa cible. Elle n'en avait jamais été aussi proche.

La silhouette, comme mue par un sixième sens, se retourna et reconnut Ashley sur ses talons. Elle se faufila entre un homme et une femme en surpoids et tenta de disparaître. Ashley tendit la main, qui se referma dans le vide entre les épaules du couple. Se propulsant en avant au prix d'un ultime effort entre l'homme et la femme, elle répéta le geste.

Cette fois, ses doigts agrippèrent l'épaule qu'elle n'avait pas quitté des yeux. Ashley saisit l'autre épaule, poussa son prisonnier vers la droite, hors du groupe, et le plaqua contre un mur, le visage appuyé sur la surface colorée d'un poster. Sous les yeux de quelques curieux, elle sécurisa sa prise en lui passant les menottes dans le dos. Les cheveux bruns étaient ébouriffés.

Puis, dans l'intention de lire ses droits au tueur au jeu d'échecs, Ashley le retourna pour lui faire face et savourer cet instant. Ce faisant, elle lui ôta ses lunettes noires. Il était temps que le masque tombe, au propre comme au figuré. Le visage en face d'elle lui lança un regard mauvais, mais celui de la jeune enquêtrice blêmit.

Le visage du tueur au jeu d'échecs n'était pas celui d'un homme, mais d'une femme. Une femme qu'Ashley reconnut immédiatement malgré la perruque brune qui s'affaissait doucement vers l'arrière en dévoilant un crâne lisse, sans le moindre cheveu.

— Vous ? Mais c'est impossible !

49

Ashley Wolfe n'en croyait pas ses yeux. Elle eut beau fermer puis rouvrir ses paupières plusieurs fois d'affilée – et fut même tentée de se pincer l'avant-bras pour vérifier qu'elle n'était pas en train de rêver – mais le visage impassible qui la scrutait sans ciller restait irrémédiablement le même, si l'on faisait abstraction des cheveux. Ou plutôt de l'absence de cheveux.

Seul le regard qui s'en dégageait à présent était différent de celui, agréable et bienveillant, qu'elle avait connu. Glacial et taciturne, il en était même l'exact opposé.

L'enquêtrice resta muette, incapable de prononcer le moindre mot, et la question qu'elle avait formulée auprès de la suspecte demeura également sans réponse.

Pouvait-elle réellement être le tueur au jeu d'échecs, ou plutôt la tueuse ? Comment ? Et pourquoi ?

En y réfléchissant bien, pensa Ashley, et en raison des déguisements utilisés pour commettre les meurtres d'Irvine Phelps et de Vernon Hendricks – et probablement celui de Vajramani Singh – rien n'indiquait avec certitude aux forces du WPPD qu'ils avaient bien affaire à un homme. Ils avaient pris cette hypothèse pour acquise, mais ils avaient commis une grave erreur en n'envisageant pas l'autre possibilité : celle que le tueur puisse être une femme. Au final, ceci expliquait, au moins en partie, le recours aux déguisements et aux postiches pour commettre les crimes. Les enquêteurs s'étaient fait mener en bateau depuis des semaines. Assez tôt dans cette affaire, Ashley avait eu un pressentiment qu'elle n'avait pas réussi à s'expliquer, à identifier. Désormais, il l'était.

Car devant elle se tenait, sans sa flamboyante perruque rousse, Rita Jennings. La vice-championne d'État d'échecs en 1965, 1966 et 1967, animatrice du White Plains Chess Club, consultante officieuse sur l'enquête, et accessoirement *Lovely Rita* aux yeux amoureux de l'inspecteur Dino Costa.

Le coéquipier d'Ashley arriva d'ailleurs derrière elle après avoir gravi l'une des allées de l'auditorium, maintenant vidé de ses occupants. Il était essoufflé, comme s'il avait couru un cent mètres.

— Tu as réussi ? Tu l'as… commença-t-il, avant de se pétrifier à la vue de Rita comme si elle était Méduse, l'une des trois Gorgones de la mythologie grecque.

Rita Jennings observa le détective, mais ne lui adressa pas la moindre parole.

— Ashley, il doit s'agir d'une erreur ! C'est impossible ! reprit Costa après quelques secondes, totalement abattu.

— C'est ce que j'ai pensé aussi, Dino. Et je suis vraiment désolée. Mais son attachement à l'affaire commence à faire sens maintenant. Même si j'ignore encore les motivations profondes de ces meurtres. J'ai bien une petite idée, en lien avec ce que nous savons déjà, mais j'attends d'autres preuves et l'interrogatoire pour en avoir confirmation.

— Moi je n'y comprends rien.

Dino Costa était tellement choqué qu'il n'assimila l'absence de cheveux chez Rita que dans un second temps.

— Mais pourquoi, Rita ? demanda-t-il.

Il n'obtint aucune réponse. Juste un regard méprisant fusant du centre du visage lourdement maquillé, mais différent de celui qu'il connaissait.

— Et Shelby ? Et McLaughlin ? s'enquit Ashley en se rappelant, après le saisissement qu'elle venait d'éprouver, la raison initiale de leur présence en ces lieux.

— Shelby est blessé. C'est lui qui a pris la balle.

— C'est grave ? s'inquiéta Ashley.

— Non, une blessure superficielle au bras gauche. L'artère n'a pas été touchée, mais ça saigne quand même beaucoup. Abraham lui a fait un garrot avec sa cravate pour réduire l'hémorragie et s'occupe de l'envoyer à l'hôpital. Ils nous rejoindront peut-être plus tard à la brigade.

— Et le maire ?

— Il n'a rien. Il a juste eu une grosse frayeur. Son chauffeur est en train de le raccompagner chez lui, avec une escorte de quelques officiers.

Ashley soupira, soulagée.

— Mais il te doit une fière chandelle, Ashley. Et il le sait. Tu lui as sauvé la vie.

— Je n'ai fait que mon travail, répondit Ashley avant de lire ses droits à Rita Jennings.

En écoutant les droits énoncés par sa coéquipière, Costa sembla reprendre le dessus et retrouver, à son tour, tout son professionnalisme. Mais il chancela presque en observant à nouveau *Lovely Rita*.

Silencieuse, prostrée, le regard vide et le visage fermé, elle faisait peine à voir. Costa comprit que quelque chose de profond – quelque chose de sombre, d'inquiétant et de tragique – clochait chez la femme avenante qu'il avait connue, même superficiellement. Une femme qui n'avait pas grand-chose à voir avec la personne menottée qui se tenait à présent à quelques mètres de lui.

Mais quoi ? Quel élément déclencheur – pour reprendre l'habituel vocable d'Ashley – avait pu pousser Rita à commettre ces crimes effroyables ? Et pourquoi avait-elle porté son choix sur ces hommes en particulier ?

Si le « qui » avait trouvé une réponse, le « pourquoi » restait à expliquer aux yeux de Dino Costa. Et comment avait-il pu être berné à ce point ? Il avait passé une soirée galante en compagnie du tueur – de la tueuse – et n'avait strictement rien vu, aveuglé par une beauté qu'il savait désormais artificielle, par une personnalité qui n'existait peut-être pas. Ou plus.

Les inspecteurs Roberts et Jones arrivèrent à leur tour, laissant les officiers filtrer pas à pas le public vers l'extérieur du complexe culturel. Ils affichèrent la même stupéfaction en apercevant puis en reconnaissant Rita Jennings, dont l'identité leur fut confirmée par Ashley.

— Vous pouvez conduire cette… cette personne à la brigade et la mettre en cellule ? leur demanda Costa en s'efforçant de contenir sa frustrante colère doublée d'une terrible déception. J'ai besoin de prendre un peu l'air.

En silence, Ashley accompagna l'inspecteur à l'extérieur du Performing Arts Center. La jeune femme n'avait jamais vu son coéquipier atteint de la sorte. Il l'était professionnellement, mais il l'était aussi personnellement ; ce qui était inédit. Et Ashley ne savait pas ce qui blessait le plus Dino Costa. Derrière sa carapace de misogyne bourru et râleur se cachait finalement un être sensible, vulnérable et… humain.

Au loin retentirent les sirènes de l'ambulance qui transporterait dans quelques minutes l'inspecteur William Shelby Jr. à l'hôpital de White Plains. Elles se mêlèrent à celles, plus proches, du véhicule des inspecteurs Jones et Roberts qui se frayait un chemin pour quitter City Place et prendre la direction du 77 South Lexington Avenue ; Rita Jennings solidement menottée sur la banquette arrière.

50

Rita Jennings fut placée en cellule peu après 21h00, dès son arrivée dans les locaux du White Plains Police Department. Alastar Walsh, le sergent de nuit, avait déjà pris son poste et succédé à Collins. Il désigna aussitôt trois officiers de service pour surveiller la cellule spartiate aux murs gris, située au bout d'un couloir du rez-de-chaussée, au-delà des salles d'interrogatoire.

Derrière les barreaux, Rita Jennings avait été dépossédée de sa ceinture et de ses lacets de chaussures. Ses vêtements amples et informes, bien que noirs, lui donnaient déjà l'allure d'une prisonnière. Sa perruque brune – la dernière d'une série de postiches qui lui avaient permis de changer d'identité, mais aussi de genre, pour commettre ses crimes – lui avait également été ôtée, et le visage de la femme paraissait plus dur que jamais.

Assise sur la couchette en métal, immobile et toujours muette, elle ne répondit pas aux quelques provocations machistes et désobligeantes que lui lancèrent les trois hommes dans les premières minutes de sa détention ; ce qui les réduisit eux aussi au silence.

Quelques étages plus haut – au troisième, celui dédié à la brigade criminelle – Ashley Wolfe et Dino Costa s'affairaient et préparaient les demandes de mandat. Une première pour fouiller le domicile de Rita Jennings ; une seconde, par précaution, pour la salle occupée par le White Plains Chess Club à la bibliothèque publique.

Le capitaine Elias Abraham étant toujours au chevet de Shelby à l'hôpital, Costa se chargea d'appeler un juge pour obtenir les signatures indispensables à la validité et à l'exécution des mandats.

Déranger un juge chez lui en soirée ou de nuit était toujours délicat, et parfois même une raison de refus de signature de la part du magistrat sollicité. C'est pourquoi le détective préféra jouer la sécurité en appelant Conrad Hammersmith, le directeur de cabinet d'Endeavor McLaughlin, afin qu'il appuie sa demande auprès du juge par un autre appel téléphonique.

White Plains était une de ces nombreuses communes, où brandir le nom du maire ou de ses proches collaborateurs pouvait grandement faciliter l'ouverture de quelques portes. Le juge accepta de signer les mandats sans faire de difficultés et Costa fit porter les précieux documents au domicile de l'homme de loi par un officier, également chargé de les ramener sans plus attendre au WPPD.

Les mandats paraphés furent dans les mains de Costa et de Wolfe à 22h15. Les deux enquêteurs recrutèrent les détectives Roberts et Jones ainsi que deux officiers, et prirent immédiatement l'ascenseur pour le garage de la police, situé à l'arrière du bâtiment.

En arrivant en bas, ils se retrouvèrent nez à nez avec leur capitaine, les traits tirés et de retour de l'hôpital.

— Comment va Shelby, capitaine ? demanda Ashley.

— Rassurez-vous, il va bien. Aussi bien qu'on puisse aller après s'être pris une balle dans le bras gauche. La balle a éraflé le biceps mais l'os n'a pas été touché. La plaie a été désinfectée et une jolie infirmière est en train de recoudre Shelby. Il est déjà prêt à revenir ici pour l'interrogatoire de Jennings.

— Shelby est un dur à cuire, commenta Costa. Il en a vu d'autres.

— Exact, Costa. Il faudra juste qu'il évite de soulever de la fonte pendant quelques semaines, et qu'il pense à acheter un nouveau costume. Celui-ci est foutu.

— Du moment que ça ne lui donne pas l'envie de retourner dans le Massachusetts.

Abraham toussa pendant quelques secondes en plaquant le dos de la main contre sa bouche puis changea de sujet.

— Vous avez les mandats ?

— Oui, à l'instant, chef. Ashley, les officiers et moi filons chez la suspecte.

Ashley nota l'utilisation par Costa du mot « suspecte » pour désigner Rita, plutôt que de son nom.

— Et nous nous rendons à la bibliothèque, compléta John Roberts d'un geste les désignant, son coéquipier et lui. Un agent de la mairie doit nous y rejoindre pour nous ouvrir le bâtiment et le local du club d'échecs.

— Bien ! répondit Abraham à l'adresse de ses enquêteurs. Je ne vous retiens pas. Je monte à la brigade appeler Rachel, pour lui dire que je ne suis pas près de rentrer.

51

L'appartement de Rita Jennings était situé au quatrième et avant-dernier étage d'un modeste immeuble en briques d'une petite rue aux abords de Gedney Park.

Modeste lors de sa construction à destination des ouvriers dans la seconde moitié des années trente, mais passablement délabré près de quatre décennies plus tard, sans réel entretien ni rénovation de l'édifice. Les escaliers de secours paraissaient même rouillés et hors d'usage. Ashley fut frappée par la ressemblance entre cette bâtisse et celles qui constituaient, à New York, les blocs d'immeubles les plus mal famés du nord de Harlem et du Bronx.

Il ne s'agissait assurément pas du quartier le plus agréable de White Plains, et un tel lieu ne cadrait pas vraiment avec l'image de la belle et flamboyante Rita Jennings, prodige des échecs. Mais un peu plus avec celle de la rude et impassible Rita Jennings, la tueuse au jeu d'échecs.

Comme il fallait s'y attendre, l'ascenseur était en panne. Et s'il avait été en état de fonctionner, la minuscule cage – également rouillée – et ses câbles douteux n'auraient pas engagé les enquêteurs à l'utiliser.

En comparaison, l'appartement n'était pas aussi triste et dégradé que l'on pouvait le croire. La cuisine et la salle de bain étaient vétustes – carreaux de faïence cassés et tuyaux de plomb oxydés d'une patine gris clair y faisaient bon ménage – mais les autres pièces étaient sobres et subtilement décorées, toujours avec goût. Ashley commença à penser que Rita Jennings, bien que devenue une criminelle ou un monstre, n'avait probablement pas connu une vie facile ; en tout cas ces dernières années.

Ses titres de vice-championne d'échecs avaient peut-être représenté le point culminant de sa carrière de joueuse – voire de sa vie – mais son ascension avait ensuite connu un coup d'arrêt brutal, pour une raison ou pour une autre, et un accablant retour à la réalité. La championne en devenir avait alors été contrainte, pour subsister, de se contenter d'un poste d'animatrice au sein du club local d'échecs. Loin de ses rêves et des prestigieux tournois.

L'espace d'un instant, faisant le parallèle entre le milieu très masculin des échecs et celui, tout autant machiste, de la police, Ashley redouta de stagner trop longtemps à son statut actuel d'officier détachée et de connaître une trajectoire similaire à celle vécue par Rita. Mais sa volonté et sa détermination reprirent le dessus et elle se concentra à nouveau sur la mission en cours : la perquisition du domicile de la femme responsable de trois assassinats et d'une tentative avortée sur la personne du maire de White Plains.

Ashley s'occupa de la chambre, où se trouvait un imposant bureau à cylindre, et de la salle de bain ; Costa de la pièce faisant à la fois office de salon, de salle à manger et de bibliothèque ; et les officiers de la cuisine et du cellier.

Dans un tiroir du bureau, Ashley mit la main sur un très bel échiquier en bois verni. Le plateau de jeu, sur le dessus de l'objet, couvrait le compartiment de rangement dédié aux pièces du jeu. Toutes – de facture correcte et dotées de disques de feutrine verte collés sous leur base – y étaient rangées, glissées à la perfection dans leurs emplacements ; à l'exception de celles qui avaient été retrouvées sur les différentes scènes de crime, et du roi blanc laissé quelques heures plus tôt sur la moquette du Performing Arts Center. Ashley referma l'écrin et le glissa dans un sac destiné à la récolte des preuves.

Dans la salle de bain, elle s'attarda un instant sur le contenu de la petite armoire à pharmacie, glissa un flacon de médicaments dans un sachet et retrouva ses collègues, apparemment satisfaite de ce qu'elle avait dégoté.

Une machine à écrire trônait sur la table de la salle à manger. Comme l'avait prédit le talentueux Lance Leroy, il s'agissait d'une Underwood passablement fatiguée, datant à première vue des années 1930 ou 1940. Dino Costa y glissa une feuille de papier vierge reposant à proximité, fit tourner le rouleau pour la faire apparaître dans la zone de frappe et appuya tour à tour sur plusieurs touches. Sans surprise, les lettres E, R et M encrées sur le papier présentèrent le même défaut d'usure que celui relevé par Double L sur le courrier de menace de mort envoyé à McLaughlin. L'inspecteur ne put s'empêcher de ressentir un pincement au cœur face à ce nouvel élément révélateur et difficilement contestable de la culpabilité de Rita.

Enfin, les officiers revinrent du cellier en tenant dans leurs mains gantées un silencieux compatible avec une arme de calibre 9mm. Ils avaient découvert l'objet – la preuve ultime – dissimulé dans une boîte de conserve Campbell's rouge et blanche, qui avait précédemment contenu de la soupe de tomate.

Quelques minutes plus tard, en regagnant la Ford Maverick, les détectives reçurent un appel radio de leurs collègues Jones et Roberts. Ils n'avaient rien trouvé de particulier dans les locaux du White Plains Chess Club, mais ils précisèrent qu'ils avaient pris soin de ranger correctement tout ce qu'ils avaient déplacé dans le cadre de la perquisition ; par respect pour les autres joueurs du club qui étaient, en quelque sorte, des victimes collatérales.

Les aiguilles de l'horloge du tableau de bord de la Ford indiquaient 23h41 quand Costa tourna la clé dans le contact. Dans l'autoradio, un flash d'informations annonçait l'arrestation plus tôt en soirée du tueur au jeu d'échecs, qui était en réalité et contre toute attente une femme, et qui avait tenté d'assassiner Endeavor McLaughlin lors de son premier meeting de campagne pour les élections municipales, sans que ses motivations soient encore connues.

Mais l'inspecteur coupa le son et prit le chemin de la brigade en silence. Un ultime rendez-vous avec Rita Jennings l'attendait.

52

Pour la deuxième fois en cette soirée du mercredi 13 mars 1974, Ashley et Dino garèrent leur berline Ford de fonction à l'arrière des locaux du WPPD.

En passant devant le bâtiment, quelques secondes auparavant, Ashley sembla le découvrir pour la première fois, ou du moins sous un nouveau jour. Son architecture moderne et sa couleur crème pouvaient lui donner l'air accueillant en journée, sous un rayon de soleil. Mais à l'approche de minuit, sous la lumière blafarde de la Lune et par la fraîcheur qui régnait à l'extérieur, l'édifice paraissait inquiétant, presque maladif. Comme si la présence de Rita Jennings, au fond d'une cellule, avait en quelque sorte corrompu la construction.

Elias Abraham, attendant le retour de son équipe dans son bureau, patientait en fumant cigarette sur cigarette. Il se leva en apercevant Ashley Wolfe et Dino Costa émerger à l'entrée de la brigade. Les deux coéquipiers lui firent le résumé de la perquisition en buvant une tasse de café. Le breuvage noir leur donna un sérieux coup de fouet ; ils en auraient bien besoin pour l'heure – ou les heures – à venir. Car, d'un commun accord, les trois policiers avaient conclu qu'il valait mieux débuter l'interrogatoire le plus tôt possible, sans attendre le lendemain. Quitte à réveiller un avocat commis d'office et le substitut du procureur, ou son assistant, en pleine nuit.

L'horloge du troisième étage affichait 0h23 – il était désormais jeudi – quand le capitaine, l'inspecteur et l'officier détachée passèrent devant, en direction de l'ascenseur et du rez-de-chaussée. En bas, le hall était calme et plongé dans l'obscurité. Seuls l'éclairage au-dessus de l'ascenseur et celui indiquant la sortie de secours diffusaient leur clarté jaunâtre.

Les trois policiers se dirigèrent vers la droite, dans le couloir où se trouvaient les salles d'interrogatoire – la n°1, exiguë, et la n°2, plus grande – séparées par la salle d'observation. Cette dernière, par ses miroirs sans tain et par ses haut-parleurs, permettait aux policiers, avocats, représentants du procureur ou autres personnes conviées d'assister, parfois simultanément, aux interrogatoires se déroulant dans les deux salles. Elle servait également aux identifications par tapissage, en dissimulant les témoins venus reconnaître des voleurs, violeurs ou criminels de l'autre côté de la vitre.

Elias Abraham fit signe à ses deux subalternes de l'attendre dans la salle d'observation, puis il se dirigea vers le fond du couloir. Il s'adressa aux officiers qui surveillaient la cellule et la prisonnière.

— Amenez Madame Jennings en salle d'interrogatoire n°1, s'il vous plaît.

Le capitaine regagna la salle d'observation et attendit, avec Dino et Ashley, de voir apparaître Rita Jennings en salle n°1, de l'autre côté de la glace sans tain. La situation rappela à Ashley l'interrogatoire du dangereux Herman Broockwell mené par Lincoln Westwood et Dino Costa ; qui avait eu lieu plusieurs mois plus tôt dans cette même salle, et qu'elle avait suivi de ce côté du miroir, faute de pouvoir y participer.

Puis ils attendirent une vingtaine de minutes, en observant la détenue. Elle restait immobile, ne clignait même pas des yeux, et fixait, à travers la vitre, un point qui semblait se trouver derrière le trio de policiers.

— On peut commencer ? demanda Costa.

— Oui.

Les deux enquêteurs se dirigèrent sans plus attendre vers le couloir.

— Mais tu restes ici avec moi, continua Abraham.

— Comment ça, chef ? s'exclama le détective, main sur la poignée de porte.

— Tu es trop impliqué. Tu ne peux pas l'interroger.

— Mais je suis un professionnel, chef ! s'emporta l'inspecteur, vexé.

— Je ne remets pas tes qualités professionnelles en question, Costa. Je veux juste éviter tout dérapage si cette femme te provoque. Je veux un dossier en béton à présenter au procureur, sans la moindre faille. Mais je veux aussi te protéger. Tu peux comprendre ça ?

Costa hocha la tête en bougonnant puis revint à son poste d'observation. Le capitaine se tourna vers Ashley.

— Wolfe, Costa étant sur la touche, Shelby à l'hôpital, et Jones et Roberts rentrés chez eux, vous allez interroger Rita Jennings toute seule.

— Mais, chef ! objecta la jeune femme. Je n'ai jamais interrogé de suspect en solo !

— Je le sais très bien. Mais j'ai confiance en vous. Et vous êtes une femme. Vous arriverez peut-être à tisser un lien de confiance avec elle, ce dont Costa et moi serions totalement incapables. J'ai confiance en vous.

— Comme vous voudrez, chef.

Le compliment ragaillardit Ashley, qui chercha son coéquipier du regard pour obtenir son assentiment. Costa approuva d'un nouveau hochement de tête.

Ashley ajusta le col de son blouson en cuir, rattacha correctement ses cheveux, s'empara d'une pochette en papier tendue par Abraham – qu'elle consulta rapidement – et quitta la salle d'observation. Quelques secondes plus tard, Dino Costa et Elias Abraham virent Ashley pénétrer dans la salle d'interrogatoire n°1 et s'asseoir face à Rita Jennings, sur l'une des inconfortables chaises en métal.

— Bonsoir Madame Jennings. Nous nous connaissons déjà, mais je dois me présenter officiellement. Je suis l'officier détachée Ashley Wolfe, de la brigade criminelle du White Plains Police Department. Je vais procéder à votre interrogatoire dans le cadre de votre implication supposée dans trois meurtres et dans une tentative d'assassinat. Mais avant, je vais vous rappeler une nouvelle fois vos droits.

Rita ne cilla pas.

— Rita Jennings, vous êtes en état d'arrestation. Vous avez le droit de garder le silence. Si vous renoncez à ce droit, tout ce que vous direz pourra être, et sera, utilisé contre vous devant une cour de justice...

De l'autre côté de la vitre, Abraham et Costa se regardèrent. Ils étaient l'un comme l'autre bluffés par l'expérience, le sang-froid et le professionnalisme acquis par la jeune femme depuis son arrivée à la brigade, un peu plus de huit mois plus tôt.

— Elle fera un très bon inspecteur le jour où elle sera promue, glissa le capitaine en écoutant Ashley finir de réciter ses droits à la tueuse au jeu d'échecs.

— D'accord avec vous, chef. Elle fera un putain de bon flic.

53

Face à Ashley, Rita Jennings ne desserra les dents que pour confirmer qu'elle avait bien compris ses droits. Néanmoins, elle ne formula aucune demande pour être assistée par un avocat et replongea aussitôt dans le mutisme.

Ashley, sentant le regard scrutateur des deux hommes dans son dos, décida de rentrer dans le vif du sujet et, à la manière d'un joueur d'échecs, d'avancer quelques pions, non pas sur l'échiquier, mais dans l'espace confiné de la petite salle d'interrogatoire. Elle se leva et engagea la partie en faisant les cent pas dans la zone réduite située entre la table et le mur.

— Nous avons récupéré l'arme que vous avez abandonnée ce soir sur le sol du Performing Arts Center, juste après avoir tenté d'assassiner le maire Endeavor McLaughlin. Et chez vous, nous avons mis la main sur le silencieux que vous avez utilisé lorsque vous avez tué Monsieur Vajramani Singh, le

Docteur Irvine Phelps puis Monsieur Vernon Hendricks. Vous avez été futée, vous n'avez pas laissé d'empreintes sur ces scènes de crime, mais une analyse balistique permettra dès demain de certifier que les balles trouvées dans le cerveau de ces trois hommes ont bien été tirées avec votre pistolet.

Rita garda le silence et son calme, ne laissant transparaître aucun sentiment. Ses yeux étaient toujours rivés au-delà de la glace sans tain. Tout au plus, quelques minuscules gouttes de transpiration ruisselaient par endroit sur son crâne lisse et sur son front. Ashley retourna s'asseoir et ouvrit la pochette confiée par le capitaine Abraham. Elle en sortit une feuille de papier qu'elle posa sous les yeux de Rita, de l'autre côté de la table.

— Ceci est un duplicata de la lettre de menace de mort que vous avez envoyée récemment à McLaughlin. Là encore, vous n'y avez laissé aucun moyen de vous identifier. Mais regardez ici, là et encore ici.

Ashley pointa les lettres E, R et M entourées dans plusieurs mots du courrier.

— Vous l'ignoriez certainement, mais la machine à écrire sur laquelle a été écrit ce document a laissé des marques caractéristiques d'usure sur certaines lettres. Ces mêmes marques d'usure ont été constatées ce soir, sur votre machine à écrire, par mon collègue, l'inspecteur Dino Costa.

Déstabilisée à la fois par la révélation – elle n'avait jamais pensé pouvoir être confondue par cette missive – et par la mention du nom de l'inspecteur, Rita Jennings baissa les yeux vers la feuille pendant une infime fraction de seconde. Ashley aperçut le bref mouvement et compris qu'elle venait de marquer un point.

Mais la vice-championne d'échecs, habituée à manifester le moins possible ses émotions au cours d'un affrontement, n'eut pas d'autre réaction. Ashley laissa le silence planer dans la pièce, jusqu'à ce qu'il en envahisse le moindre recoin. Seul le léger grésillement des néons éclairant les deux femmes osait défier l'autorité de la policière ; qui continua sur sa lancée. Elle ouvrit à nouveau la pochette et en extirpa une photographie granuleuse en noir et blanc.

— Ceci est extrait du système de surveillance par caméra de l'usine Crestwood Original, où vous avez pénétré le lundi 11 février, peu avant 7h00, pour assassiner son directeur, Vernon Hendricks. Vous ne connaissez pas ce dispositif ? C'est le dernier gadget à la mode et, pas de chance pour vous, Rita, l'usine en est équipée.

Cette fois, Rita tendit la main pour s'emparer du cliché et le regarda attentivement.

— Ce n'est pas moi, éructa-t-elle d'une voix nerveuse et méconnaissable. Ce ne sont pas mes cheveux.

— Vous n'avez pas de cheveux. Vous n'en avez plus. Bien entendu, cette photo n'est pas nette et des jurés hésitants n'y verront peut-être qu'une vague ressemblance. Mais cette perruque, comme celle de ce soir, comme celle que vous portiez quand vous avez fait irruption dans le cabinet d'Irvine Phelps ou comme la rousse que vous nous présentiez lors de nos visites au club de jeu d'échecs ne feront pas le poids face à l'analyse balistique de votre arme et à cette lettre de menace. Sans oublier les nombreux témoins qui, comme moi, vous ont vue ouvrir le feu sur le maire ce soir.

Dans la salle d'observation, Elias Abraham et Dino Costa ne perdaient pas une miette du combat entre les deux femmes. Costa, tout particulièrement, ne reconnaissait pas la femme dont il était tombé amoureux, mais il ne reconnaissait pas non plus sa coéquipière. La jeune enquêtrice était transfigurée par le poids qui reposait sur ses épaules. Costa assistait, ébahi, à la transformation d'une chrysalide évoluant en papillon.

Soudain, la porte de la salle d'observation s'ouvrit.

— Ils sont ici, prononça la voix d'un des officiers toujours présents dans le couloir.

— Merci, répondit une autre voix.

Un homme aux cheveux courts et grisonnants, au regard bleu acier et portant un sweat-shirt bleu foncé, un jean et des baskets pénétra dans la pièce, le bras gauche en écharpe.

— Bon sang ! Content de déjà te revoir parmi nous ! s'écria Dino Costa, oubliant pour un temps l'échange de l'autre côté du miroir ainsi que les belligérantes.

L'inspecteur William Shelby Jr. échangea de solides poignées de main avec son coéquipier et son capitaine.

— Heureusement, ce n'est pas le bras droit qui a été touché ! plaisanta Shelby. J'ai raté quelque chose ?

— La perquisition chez Jennings, répondit Abraham. Et le début de l'interrogatoire par Wolfe. Joignez-vous à nous, Shelby. Content que vous soyez sauf.

— Presque sauf.

L'inspecteur vint se poster aux côtés des deux autres hommes et tous trois reportèrent leur attention sur la salle d'interrogatoire n°1.

54

Ashley sentit que les preuves avancées avaient fait vaciller Rita et ses certitudes. L'esprit analytique de la joueuse d'échecs, bien qu'infiniment brillant, n'avait pas pu prendre en compte tous les paramètres.

Rita avait cessé de regarder droit devant elle, comme si elle apercevait l'horizon derrière la glace sans tain, derrière les murs, loin au-delà des limites de White Plains. Ses yeux étaient désormais rivés à ceux d'Ashley, face à elle.

Ni l'une ni l'autre ne semblaient décidées à baisser les yeux – signe de capitulation pour Rita, signe de faiblesse pour Ashley – quand une larme perla sur la joue de l'accusée.

Cette dernière inspira et expira profondément, d'une respiration bruyante et sifflante qu'Ashley ne lui connaissait pas, puis prit la parole.

— Amenez-moi de l'eau.

— Vous voulez un verre d'eau ?

— Non. Je me suis mal exprimée. Amenez-moi de l'eau, une éponge et une serviette. Je vais tout avouer. Et je ne veux pas d'avocat, notez-le bien.

Ashley se leva et alla cogner deux fois contre la vitre avec une phalange de son index droit.

Peu de temps après, on frappa à la porte de la minuscule pièce.

— Entrez !

Un officier en uniforme pénétra dans la salle d'interrogatoire. Il tenait un seau d'eau d'une main, et une grosse éponge brune et une serviette propre de l'autre.

— Vous pouvez poser ça sur la table, lui indiqua Ashley. Merci.

L'officier, impressionné par la tension qui régnait dans la pièce, s'exécuta avant de quitter les lieux sans demander son reste.

— J'ai répondu favorablement à votre demande, Rita. Je vous écoute, maintenant.

Rita tira le seau à elle avec délicatesse et y plongea l'éponge. Elle la ressortit, l'essora pour évacuer le surplus d'eau et l'appliqua sur son visage. Doucement, lentement, l'éponge fit disparaître le maquillage de la femme. Maquillage que les enquêteurs lui avaient toujours connu et qui avait d'ailleurs contribué au pouvoir de séduction de la flamboyante rousse au teint de porcelaine sur l'inspecteur Costa.

L'éponge mouillée passa sur le front, autour des yeux – les sourcils disparurent comme par magie sous l'effet de l'humidité – sur les pommettes, sur les joues, autour de la bouche et dans le cou. Puis Rita Jennings s'épongea le visage à l'aide de la serviette et regarda de nouveau Ashley droit dans les yeux.

Sans son savant maquillage, le visage de Rita avait totalement changé. Son apparence en devenait presque choquante si on la comparait au souvenir qu'en avaient les policiers. Il ne s'agissait pas d'un vieillissement longtemps caché par coquetterie et brusquement révélé : c'était bien pire. Des cernes marqués soulignaient les yeux de Rita qui, de fait, avaient perdu tout leur éclat. Sa peau, jadis d'un blanc pur et uniforme, avait l'aspect grisâtre et froissé d'un parchemin. La minceur de son cou avait laissé place à la maigreur de nerfs tendus à l'extrême.

Et plus que toute autre chose, l'absence de sourcils trahissait maintenant avec certitude la cause de la perte de cheveux. Dans la salle d'observation, Costa, Shelby et Abraham furent confrontés à ce qu'Ashley avait soupçonné depuis un moment, et dont elle venait d'obtenir la confirmation.

— Vous ne semblez pas surprise, demanda la femme dont le visage malade était désormais à nu.

La voix de Rita avait également changé. Elle ne faisait plus d'efforts pour la modifier. Ni pour camoufler son éprouvante respiration. Le barrage avait cédé.

— Non, répondit Ashley. Pas totalement, en tout cas. J'avais déjà une petite idée sur le mal frappant l'auteur de ces crimes en raison du lien unissant vos victimes : le tabac. Même si, pour être totalement honnête, je ne pensais pas à vous dans ce rôle. Vous avez donné le change à la perfection tout au long de notre enquête et vous nous avez envoyés sur des fausses pistes pourtant très crédibles. Puis, quand j'ai aperçu votre crâne lisse tout à l'heure, et que j'ai compris que les postiches n'étaient pas qu'un déguisement, mais une nécessité pour vous au quotidien, j'ai commencé à comprendre. Mais j'ai aussi trouvé ceci en perquisitionnant votre salle de bain, tout à l'heure.

Ashley tira de sa poche un sachet contenant un flacon orange translucide, renfermant lui-même quelques cachets blancs et allongés.

— Un médicament à base de desmodium, prescrit en décembre et provenant de la pharmacie de l'hôpital de White Plains. Je suppose qu'il s'agit d'un traitement pour lutter contre les effets indésirables de la chimiothérapie ?

55

Rita acquiesça en soufflant bruyamment, avant de répondre.

— Oui, c'est bien ça. C'est pour protéger le foie contre les effets secondaires provoqués par le traitement. J'ai… j'ai un cancer du poumon et de la gorge.

La voix de Rita Jennings était de plus en plus rauque et désagréable à l'oreille.

— Excusez-moi, reprit-elle en posant la main sur sa poitrine. Si vous saviez combien c'était douloureux de lutter contre mes cordes vocales pour modifier ma voix en public et la rendre à peu près normale !

— Je veux bien le croire. Mais pourquoi avoir tué précisément Singh, Phelps et Hendricks ? Et pourquoi avoir ensuite pris Endeavor McLaughlin pour cible ?

Rita Jennings se lança alors dans le cœur de ses aveux.

— Je suis une fumeuse de longue date. J'ai toujours fumé, jusqu'à récemment. D'abord à l'adolescence, puis pendant mes études, puis en raison du stress pendant les tournois d'échecs. Je ne me cherche pas d'excuses. Je savais que c'était mauvais pour ma santé, mais je n'ai jamais eu la force d'arrêter. Et je considère que j'ai été entraînée dans cette spirale infernale, qu'on ne m'a pas aidée à en sortir. Singh d'abord. C'est dans son drugstore que j'achetais mes cigarettes pendant toutes ces années. Et pas une seule fois il ne m'a incitée à ne plus le faire. Foutu capitaliste, le pognon avant tout. J'aurais pu aussi m'en prendre au vieux Davis. C'était lui le propriétaire quand j'ai commencé à fumer. Mais il ne sort jamais de son appartement. Impossible à atteindre.

Chaque courte phrase de la confession était ponctuée d'une sonore et difficile respiration, comme si Rita suffoquait ; cette fois davantage sous le coup de l'émotion que de sa maladie.

— Vous aviez le choix d'arrêter de fumer et de ne plus acheter de cigarettes, Rita. Vous aviez votre libre arbitre.

— Vous ne pouvez pas comprendre les méfaits de cette addiction ! protesta Rita dans un raclement de gorge. Et vous apprendrez tôt ou tard que nous sommes tous dépendants à un poison. Le tabac, l'alcool, la drogue, le jeu. Notre pays l'est même au pétrole !

— Soit. Et pour Irvine Phelps ?

— Ce salopard est celui qui est le plus responsable de mon état. Quand j'ai commencé à avoir des problèmes respiratoires, mon médecin a suspecté une tumeur, parmi d'autres causes possibles. Il m'a conseillé de consulter, ce que j'ai fait en me rendant à l'hôpital. C'était il y a dix-huit mois. Le Docteur Phelps m'a reçue et m'a fait passer des radios. Mais il a conclu qu'il s'agissait d'une pneumonie virale qui guérirait toute seule. Que ce n'était pas un cancer et que, par conséquent, il ne pouvait rien faire pour moi. Je lui ai fait confiance, mais mon état a continué à empirer. J'ai commencé à cracher du sang et j'avais de plus en plus de mal à respirer normalement. Je suis retournée le voir en novembre, après avoir arrêté de fumer, et il a refait des examens et d'autres radios qu'il a regardées plus attentivement. C'est là qu'il a enfin vu que j'avais bel et bien un cancer du poumon, étendu à la gorge, à un stade avancé.

— Lequel ?

— Je suis… je suis au stade trois de la maladie. Autant dire que je suis presque condamnée. Ce salaud a bâclé les premiers examens, j'ai perdu dix-huit mois pendant lesquels j'aurais pu être soignée. Si je meurs à cause de son mauvais diagnostic, il méritait de mourir également. Ce n'est que justice !

Ashley repensa aux dossiers des patients de Phelps à l'hôpital, ceux mentionnés par le directeur de l'établissement, qu'elle et ses coéquipiers n'avaient pas été autorisés à consulter ; au contraire de ceux du cabinet privé du cancérologue. Si tel avait été le cas, ils auraient certainement, parmi ces patients, identifié Rita Jennings comme étant la tueuse au jeu d'échecs juste après le deuxième meurtre et Vernon Hendricks ne serait peut-être pas mort.

— C'est votre point de vue, rétorqua Ashley. Mais ça ne sera pas celui de la véritable justice, je peux vous le garantir.

— Je me moque de ce que vous appelez la justice. Vous voulez savoir ? Je serai morte bien avant la tenue d'un quelconque procès. Je serai jugée, oui, mais d'une autre manière. Quant au directeur de l'usine, ce n'était pas personnel, mais symbolique.

— Précisez.

— Pour moi, cet homme ne valait pas mieux que les pourritures de dealers qui envahissent nos rues. Il était responsable de la diffusion à grande échelle de ce poison qu'est le tabac. Et pareil pour McLaughlin. Saviez-vous que c'est lui qui a vendu un terrain appartenant à la ville et autorisé la construction de cette usine, sous prétexte de créer des emplois ?

— Nous sommes au courant. Mais là encore, ce n'était pas à vous de juger, Rita. Ni d'exécuter la sentence en ce qui concerne Vernon Hendricks. Et pour le maire, la vente du terrain était tout à fait légale. Il a fait le choix qui lui semblait le plus judicieux et les électeurs décideront bientôt dans les urnes s'il a eu raison ou pas.

Le regard de Rita était désormais terne et vide, comme si toute forme de vie s'était déjà éteinte derrière ses yeux.

Elias Abraham leva la tête vers l'horloge de la salle d'observation. Les aiguilles indiquaient 1h58. L'interrogatoire de Rita Jennings durait depuis plus d'une heure et, de toute sa carrière dans les forces de l'ordre, le capitaine avait rarement assisté à des aveux aussi théâtraux, dramatiques et poignants ; dans lesquels le criminel – la criminelle – était aussi, en quelque sorte, une victime.

— Pourquoi avoir mis en scène les meurtres de cette manière, et avoir fait tant de mystère ? reprit Ashley dans l'autre salle.

— Je voulais me venger, mais je voulais aussi me lancer un ultime défi. Une partie d'échecs grandeur nature dans laquelle tout le monde jouerait le rôle de pions. Y compris vous, la police. Je savais que vous viendriez enquêter au sein de notre club, et j'avais dans l'idée de vous proposer mes services dès le début, afin de suivre l'enquête de l'intérieur. Et d'ajuster mes coups et mes déplacements, si besoin.

— Bien, annonça Ashley en se levant après un lourd silence. Je pense que nous avons fait le tour de la question pour aujourd'hui. Nous allons devoir vous replacer en cellule pour la nuit puis nous aviserons demain pour les suites à donner, après avoir fait part de vos aveux au substitut du procureur. Aveux qu'il vous faudra réitérer par écrit.

— Je comprends. J'aurais juste une requête à formuler.

— Je vous écoute, Rita.

— Même si je vais en prison, je souhaiterais avoir la permission d'assister au tournoi de Katerina. Il aura lieu bientôt et j'ai consacré tellement de temps et d'énergie à son entraînement ces derniers mois.

Ashley hésita un instant, en posant la main sur la poignée de porte pour quitter la pièce à l'atmosphère devenue suffocante. Puis elle se tourna vers Rita Jennings.

— La décision ne m'appartient pas. Mais, si on me consulte, je recommanderai au procureur de refuser votre demande. Vajramani Singh, Irvine Phelps et Vernon Hendricks n'ont pas obtenu de dérogation face à la mort.

Derrière la vitre, les trois hommes restèrent soufflés par la répartie d'Ashley, sévère mais juste.

Les officiers de service – fatigués mais pas autant qu'Ashley, sur qui l'épuisement tomba comme une chape de plomb à l'issue de la joute verbale – vinrent récupérer Rita Jennings dans la salle d'interrogatoire n°1 pour la reconduire dans sa cellule. Délaissant Shelby et Abraham, l'inspecteur Dino Costa se précipita en dehors de la salle d'observation pour apercevoir une dernière fois *Lovely Rita*.

— Rita... prononça-t-il lorsqu'elle approcha de l'angle opposé du couloir.

— Peut-être dans une autre vie, Valentino…, souffla la vice-championne d'échecs.

Personne ne releva le prénom prononcé par Rita pour désigner Dino Costa. Puis, davantage pour elle-même que pour son public, Rita marmonna :

— Contre toute attente, les blancs ont finalement remporté la revanche. Échec et mat. Ma vie va bientôt s'arrêter, fin de partie.

56

Le lendemain, ou plutôt le même jour, après quelques heures de sommeil pour tout le monde, l'appareil judiciaire s'ébranla. Tout comme, en corollaire, la machine médiatique ; l'un allant rarement sans l'autre.

Dès le petit matin, Rita Jennings fut extraite sans ménagement de sa cellule et conduite sous escorte au bureau du substitut du procureur pour y être entendue. Sur place, au cours d'un entretien long et pénible, la prévenue renouvela ses aveux circonstanciés, après avoir refusé une nouvelle fois la présence d'un avocat.

En début d'après-midi, Rita fut ramenée au 77 South Lexington Avenue pour y passer quelques heures en cellule dans l'attente de son transfert vers l'établissement correctionnel pour femmes de Bedford Hills situé à trente minutes en voiture au nord de White Plains, toujours dans le comté de Westchester.

Les charges retenues par le substitut pour l'inculpation furent : trois assassinats prémédités – à l'encontre du gérant de drugstore, de l'oncologue et du directeur d'usine – et une tentative d'assassinat sur la personne du maire de White Plains, ce qui constituait une circonstance aggravante ; sans oublier la possession d'une arme non déclarée ainsi que le défaut de permis de port d'arme. Comme le rappela le représentant de la loi à Rita, elle encourait une condamnation à la peine capitale pour les premiers chefs d'accusation.

Ce à quoi l'accusée répliqua, sans défi ni cynisme, mais avec une grande lucidité, que c'était déjà prévu et qu'elle économiserait à l'État les frais d'un procès et d'une exécution par la chaise électrique.

À la brigade criminelle, au troisième étage des locaux du WPPD, le cœur n'y était pas. Les enquêteurs avaient certes résolu l'affaire et clos – pour ce qui les concernait – le dossier du tueur au jeu d'échecs, mais ils étaient accablés par ce triste dénouement. Dino Costa ruminait sa déception sentimentale et William Shelby se chargeait de la paperasse pour le soulager. Quant à Ashley, elle était éprouvée par l'interrogatoire qu'elle avait mené au milieu de la nuit. Dans son bureau, le capitaine Elias Abraham semblait avoir vieilli de plusieurs années en l’espace d’une journée, peut-être sous l’effet de la fatigue accumulée.

En fin de matinée, le téléphone sonna sur le bureau d’Ashley. C’était Lance Leroy et Shannon Springfield qui appelaient autant pour prendre des nouvelles de leur amie que pour communiquer aux policiers les résultats des analyses. Le technicien confirma, grâce aux tests balistiques, que le pistolet de calibre 9mm était bien l’arme du crime, tout comme le silencieux retrouvé dans l’appartement de Rita Jennings. Et la machine à écrire saisie dans le même logement était bien celle qui avait permis à la vice-championne d’échecs de taper la lettre de menace de mort contre McLaughlin.

L’affaire résolue fit les gros titres des journaux, partagés entre la tentative de meurtre contre le maire – l’existence de la lettre de menace fut révélée aux journaux aux aurores dans un communiqué de presse signé conjointement par Reggie Bryant, directeur de campagne, et par Conrad Hammersmith, directeur de cabinet – et l’arrestation et mise en détention de la criminelle qui s’était jouée de tous et des forces de l’ordre pendant des semaines, en se grimant sous des apparences masculines pour commettre ses crimes et mettre en œuvre une vengeance tordue.

En cours de journée, une équipe de la chaîne nationale CBS fut dépêchée devant l’hôtel de ville de White Plains pour y tourner un reportage en vue du journal télévisé du soir. Sur le perron de l'édifice, Endeavor McLaughlin s'exprima brièvement au micro d'une journaliste – celle qui avait couvert l'affaire de l'éventreur l'été précédent – et remercia, dans un premier temps, les effectifs de la brigade criminelle dirigée par Elias Abraham, puis les électeurs qui lui avaient manifesté leur soutien depuis la veille.

La cote de popularité et d'intentions de vote de l'homme politique – en avance de seulement quelques points avant la tentative d'assassinat par rapport à celle de Thomas Mayfield, le candidat Républicain aux municipales – monta en flèche dès les jours suivants ; pour atteindre des scores jamais vus à White Plains à l'issue des meetings programmés quelques jours plus tard.

À la fin du mois de mars, Katerina Petrovitch remporta à New York l'important tournoi pour lequel Rita Jennings l'avait entraînée sans relâche. La jeune immigrée russe fit la fierté de ses parents, et même de l'ensemble des membres masculins du White Plains Chess Club ; qui l'acceptèrent définitivement comme l'une des leurs. Au cours des derniers mois, Rita n'avait pas produit que de mauvaises choses.

Ce qu'ignorait Katerina au moment de célébrer sa victoire et d'avoir une pensée pour sa coach, qu'elle ne partagea pas avec les autres, était qu'une métastase née dans le poumon droit de Rita Jennings s'était déplacée dans son organisme pour venir se loger dans son cerveau.

Quelques jours plus tard, lors d'un nouvel examen pratiqué au sein de la section médicalisée de la prison pour femmes de Bedford Hills suite à un malaise, celle qui avait ouvert la voie des échecs à Katerina fut diagnostiquée au stade quatre de son cancer – le plus avancé de la maladie – par le spécialiste envoyé sur place.

Contre l'avis du médecin du centre pénitentiaire, Rita refusa tout traitement. Il lui restait tout au plus six mois à vivre et elle souhaitait les passer sans médicaments, ni effets secondaires. Tout ce qu'elle réclama fut un échiquier pour pouvoir, dans sa cellule, jouer contre elle-même.

57

Le candidat Démocrate Endeavor McLaughlin remporta les élections municipales du mois de mai 1974 et fut largement réélu dans son fauteuil de maire de White Plains avec un score – pas soviétique, mais presque – de 72,8%.

Reconduit dans ses fonctions, il prit rapidement un certain nombre de décisions. Certaines relevant uniquement de ses prérogatives, d'autres prenant la forme de propositions à destination de certains services de la ville, tels que le White Plains Police Department. Charge ensuite aux hommes en place à leur tête de les appliquer ou de les décliner.

Le lundi 10 juin à 9h00 précises, presque un an après l'arrivée d'Ashley Wolfe à la brigade criminelle en tant qu'officier détachée, la jeune femme fut convoquée par Elias Abraham dans son bureau. Ne sachant pas à quoi s'attendre – aucune affaire particulière n'était en cours – elle traversa le troisième étage de la brigade sur la réserve, voire sur la défensive.

— Asseyez-vous, Ashley, lui intima le capitaine en finissant de mastiquer un chewing-gum qu'il jeta l'instant d'après à la poubelle. Et fermez la porte, s'il vous plaît.

Le chef de la brigade appelait rarement ses subordonnés par leur prénom, optant beaucoup plus souvent pour leur nom de famille ou pour leur grade. Et concernant Ashley Wolfe, c'était encore plus rare. Aussi Ashley fut-elle surprise par ce qu'elle interpréta soit comme une marque d'affection, soit comme une entrée en matière pour discuter d'un sujet important ou grave.

— Je dois vous parler, Ashley, et je n'irai pas par quatre chemins. Sur proposition du maire Endeavor McLaughlin, proposition que j'ai bien entendu acceptée immédiatement et avec grand plaisir, je vous informe officiellement que vous serez nommée inspecteur au sein de notre brigade dès le premier jour du mois de septembre.

Ashley ouvrit grand les yeux et la bouche, ne sachant comment réagir.

— Merci chef ! finit-elle par dire simplement. Merci beaucoup !

— C'est normal, officier détachée Wolfe, puisque je peux encore vous appeler ainsi pendant quelques semaines. Vous avez accompli un travail extraordinaire depuis votre affectation ici. Westwood, Costa et même Shelby peuvent en témoigner. En plus de votre excellent travail au quotidien sur des affaires banales, vous avez œuvré sur deux gros dossiers. Des dossiers de la trempe de ceux qui peuvent facilement briser ou hanter des carrières de policiers pourtant nettement plus expérimentés que vous. Mieux, vous avez directement contribué à les résoudre. Par conséquent, votre promotion est totalement méritée. Bravo, Wolfe. Je ne m'étais pas trompé sur vous et sur votre potentiel.

La jeune femme rougit tout en renouvelant ses remerciements au capitaine.

— Je peux aller appeler mes parents pour les avertir ? questionna Ashley en se levant doucement. Mon père va être tellement fier !

— Oui, bien entendu. Vous pourrez également les inviter pour la petite réception qui aura lieu ici en septembre en présence du maire et des effectifs de la brigade, dans le hall, pour officialiser votre promotion. Mais, pour l'instant, veuillez vous rasseoir. Nous devons parler d'autre chose.

Surprise, Ashley reprit place en face du capitaine. Le visage de l'homme était soudainement devenu grave. Il respira profondément puis reprit la parole.

— Vous avez, je pense, remarqué que j'ai arrêté de fumer.

— Oui, chef.

En effet, Ashley l'avait constaté. Elle avait noté quelques semaines plus tôt le changement d'atmosphère au sein de la brigade. Même si Costa, Roberts ou Jones fumaient occasionnellement une cigarette, l'air y était devenu beaucoup plus respirable. Elle avait mis l'arrêt de fumer d'Abraham sur le compte de l'émotion suscitée par les révélations concernant Rita Jennings et sa santé. Dans son bureau, le cendrier débordant de mégots faisait désormais partie du passé.

— Je… j'ai… Je connaissais le Docteur Irvine Phelps avant qu'il soit assassiné par Rita Jennings.

Elias Abraham hésita, puis lâcha finalement :

— Je… je l'avais consulté à l'hôpital quelques semaines avant sa mort, en janvier.

— Vous l'avez consulté ? Mais pourquoi ?

Ashley se souvint du trouble, passager mais apparent, qu'elle avait remarqué chez le capitaine à l'annonce de la mort d'Irvine Phelps.

— C'était un cancérologue, Wolfe. C'est pour ça que je l'ai consulté. J'ai… j'ai un cancer du poumon au stade deux.

Ashley resta stupéfaite tandis que ses yeux commencèrent à briller.

— Non, chef ! Pas vous !

— C'est pourtant vrai, malheureusement. Rachel dit que c'est de ma faute, et je ne peux pas lui donner tort. Cette fois, ce n'est pas la faute de Phelps. C'est moi qui ai tardé à consulter malgré des signaux d'alerte. Et surtout je n'ai pas écouté ma femme. Rachel me demande d'arrêter de fumer depuis des années. Mais c'est plus fort que moi, et ce métier n'aide pas. Bref, je n'ai plus le choix maintenant. Je suis contraint d'arrêter.

— Et concernant… ? osa Ashley sans continuer sa phase.

— Mon espérance de vie ? Plusieurs années s'il y a rémission du cancer et si la chimiothérapie que je vais commencer la semaine prochaine s'avère efficace. Sinon, deux ans et quelques mois au maximum.

Ashley tenta de réprimer ses larmes.

— Vous êtes la première personne informée au sein de la brigade, Wolfe. Mais je vais en parler aux autres aujourd'hui. Je serai absent au moins deux semaines, pour le début de ma chimio. Il ne le sait pas encore, mais Costa prendra la direction de la brigade pendant ce temps. Et si mon absence s'éternise, un capitaine par intérim sera nommé. Mais n'ayez crainte, je serai de retour pour votre promotion !

— Je l'espère, chef. C'est tout ce que je souhaite.

— Une chose encore. J'en ai parlé il y a quelque temps à Westwood. J'avais besoin de me confier à un ami. Oui, c'est bien moi que vous avez croisé au volant de ma voiture, un vendredi soir, dans sa rue. J'allais vous faire signe par réflexe, mais vous comprenez maintenant pourquoi je me suis abstenu. Je pouvais difficilement expliquer ma présence à cet endroit sans risquer de me trahir ou de m'emmêler les pinceaux, et c'était trop tôt pour vous mettre dans la confidence.

— Oui, je comprends chef.

Quelques minutes, plus tard, une fois l'éprouvante discussion terminée, Ashley descendit l'ascenseur pour se rendre au garage du WPPD et y récupérer sa voiture. Elle venait de connaître de véritables montagnes russes émotionnelles et avait demandé à Elias Abraham si elle pouvait rentrer chez elle pour le reste de la matinée. Ce qu'il avait accepté. Elle en profiterait pour appeler Victor et Martha Wolfe, ses parents, pour les informer de sa promotion au grade d'inspecteur de la brigade criminelle.

Ashley prit place sur le siège conducteur de sa fidèle Gremlin orange, boucla sa ceinture, mit le contact et le moteur ronronna. La radio diffusait *Goodbye Yellow Brick Road* d'Elton John. Elle écouta la chanson pendant quelques instants, plongée dans ses pensées, pensant à Rita Jennings et à Elias Abraham.

Puis elle fondit en larmes, les bras croisés sur le volant.

58

Au mois d'août 1974, deux événements firent la une des journaux à White Plains. Le premier, incontournable localement, nationalement et mondialement fut la démission de Richard Nixon le 9 août.

Définitivement discrédité dans ses fonctions de Président des États-Unis, abandonné par ses derniers soutiens, et afin d'éviter la honte d'une procédure de destitution, Tricky Dick – Nixon le Roublard – avait préféré démissionner ; après s'être adressé la veille à la Nation depuis le Bureau Ovale, en direct à la radio et à la télévision.

Les articles du jour revenaient bien entendu sur la chute de Nixon provoquée par le scandale du Watergate, mais dressaient également le portrait de son successeur, le Républicain Gerald Ford. Nommé à la vice-présidence par Richard Nixon huit mois plus tôt, suite à la démission du Vice-Président Spiro Agnew, Gerald Ford devint le jour même le trente-huitième Président des États-Unis. Mais sans avoir été élu par le peuple pour ce mandat, ni auparavant pour celui de Vice-Président ; comme ne manquèrent pas de le souligner les observateurs politiques.

Le deuxième événement, à la portée beaucoup plus locale, survint deux jours plus tard, le 11 août, et fut relégué aux dernières pages des journaux en raison de l'envahissante actualité présidentielle.

Rita Jennings, vice-championne d'État d'échecs en 1965, 1966 et 1967, animatrice du White Plain Chess Club, mais aussi connue comme étant la tueuse au jeu d'échecs, avait rendu son dernier souffle la nuit précédente sur un lit de la section médicalisée de la prison pour femmes de Bedford Hills, emportée par un cancer du poumon, de la gorge et du cerveau.

Comme elle l'avait prédit, Rita avait quitté la scène plusieurs mois avant la date de son procès. « Échec et mat » furent les derniers mots qu'elle prononça à l'aumônier de l'établissement, dans un difficile, atroce et douloureux râle.

?

Au mois de mars 1975, un vent frais, presque froid, soufflait sur cette contrée située à plusieurs milliers de kilomètres de White Plains.

À cet instant précis du crépuscule, que l'on appelait « entre chien et loup », le ciel au-dessus des vastes étendues d'herbe et de forêt était littéralement divisé en deux couches superposées.

La plus basse, s'efforçant de coller à l'horizon tant que le soleil l'illuminait encore, était un festival de jaunes et d'oranges à peine filtrés par quelques nuages épars, annonçant peut-être une averse une fois la nuit tombée. La plus haute, qui s'étendait sur le reste de la voûte céleste, offrait un dégradé infini constitué d'innombrables nuances de bleu et de violet ; qui aurait été le rêve de n'importe quel peintre impressionniste du dix-neuvième siècle.

Ici, à bonne distance des grandes villes, l'air était pur et, chaque soir, l'obscurité reprenait rapidement ses droits sur la nature environnante.

D'ailleurs, les premières étoiles commençaient déjà à scintiller dans les strates les plus hautes du ciel. Dans moins de trente minutes, il ferait nuit noire.

L'homme ne tenait pas à se trouver encore là lorsque la nuit serait tombée. Car, même s'il connaissait assez bien le secteur, il serait difficile de s'y repérer sans la lumière du jour. Et dans sa précipitation, il avait complètement oublié de s'équiper d'une lampe de poche.

Il se tourna vers l'ouest, en direction des derniers rayons du soleil et scruta les silhouettes d'habitations isolées qui se découpaient au loin en ombres chinoises, Provenant d'encore plus loin, il entendit très légèrement l'aboiement incessant d'un chien.

Mais avant de reprendre sa marche et de partir dans cette direction, il fallait qu'il se remette de ses émotions. Et qu'il nettoie son arme avant de la glisser à sa ceinture. Il ne tenait à salir ni son jean, ni sa chemise en flanelle, ni sa veste en daim.

L'homme fit quelques pas vers le sud pour s'approcher d'un minuscule ruisseau qui serpentait le long du versant, vers la partie la plus basse de la vallée. Il y trempa sa lame, la retira – une fois les traces de sang nettoyées – et la frotta dans l'herbe pour la sécher. Puis il glissa le coutelas dans son fourreau et boutonna sa veste. Le fond de l'air était vraiment frais. Parfait. Le froid conserverait sans problème les corps jusqu'à leur découverte le lendemain. Sauf si un prédateur naturel, attiré par l'odeur du sang, se chargeait d'en faire disparaître une partie.

L'homme mit le cap vers l'ouest d'un pas décidé. Derrière lui, il laissait plusieurs corps sans vie. Celui d'un homme et ceux de plusieurs animaux.

Ashley Wolfe sera de retour
pour une nouvelle enquête dans :
***La louve et le diable**.**

* *titre prévisionnel.*

PAR LE MÊME AUTEUR :

Terre Brûlée – Tome 1 (2021)
Format poche

Les multiples vies de John Smith (2021)
Format poche et Édition premium

Terre Brûlée – Tome 2 (2022)
Format poche

Murder Party (2022)
Format poche et Édition premium

Terre Brûlée – Tome 3 (2023)
Format poche

Terre Brûlée – L'intégrale (2023)
Grand format

L'éventreur de White Plains – Une enquête d'Ashley Wolfe (2023)
Format poche

Tous disponibles en livre papier
et en ebook sur Amazon.

CRÉDITS ET MENTIONS COMPLÉMENTAIRES

Idée originale : février 2022.
Roman écrit entre le 21 mai et le 31 juillet 2023.
Mise en page, couverture et autoédition : mai à août 2023.
Couverture conçue en utilisant des ressources graphiques libres de droit de Pixabay.com.

Œuvre de fiction.
En dehors des références culturelles, politiques, sociales et sociétales servant à situer le récit en 1974, toute ressemblance avec des personnes réelles, vivantes ou disparues, serait pure coïncidence.

Pour suivre mon actualité et découvrir mes livres :

www.facebook.com/LudovicMarinAuteur

www.instagram.com/ludovic.marin.auteur

ludomarin78.wixsite.com/ludovic-marin-auteur

Printed in France by Amazon
Brétigny-sur-Orge, FR

25852994R00180